本書に寄せて

ノモンハン事件。この言葉をわれわれ日本人が耳にするとき、ほとんど例外なく心の中に次のようなイメージを思い浮かべるであろう。

「昭和十四年に起こったノモンハン事件は、日本陸軍が共産ソ連の圧倒的にすぐれた機械化部隊と、満蒙《まんもう》国境近くのノモンハンで戦って、完敗した事件である。当時のソ連はスターリンの指導のもと、数度にわたる五カ年計画を達成し、革命後わずか二十年足らずで西側先進国と並ぶ大工業国になっていた。その工業力を背景に完全に近代化されたソ連赤軍に対して、旧式の貧弱な装備をまとった日本軍の歩兵部隊が、徒手空拳で肉弾攻撃を挑み、前代未聞の全滅状態となった。このような悪しき伝統が、日本を最終的に昭和二十年の敗戦の破滅へ追いやった。したがってノモンハン事件は、昭和に入ってから日本という国家がたどった、破滅の軌跡を象徴する出来事であり、日本の現代史の諸矛盾はまさにこの一点に集約される」

ところがソ連崩壊後の情報公開と最新の研究により、実際にはノモンハン事件は日本軍の勝利であったことが、しだいに明らかになり始めたのである。小田洋太郎著『ノモンハン事件の真相と戦果』（有朋書院）は、ノモンハン事件の戦闘で日本軍がソ連軍を撃破した記録が満載・網羅されている、近年屈指の好著である。

小田氏の指摘によると、ソ連軍の死傷者は二万五千五百六十五名で、日本軍の死傷者一万七千四百五名よりはるかに多い。「ソ連軍の進んだ機械化部隊」などというのも史実に反している。ソ連軍の戦車は走行射撃もできない低レベルであり、日本軍のきわめて高性能の連射砲・高射砲によって片っぱしから標的となり、八百台が破壊された。それに対して日本軍の戦車の損害は二十九台である。空中戦でもソ連の戦闘機は低性能のお粗末なものであり（中には布ばり機もあった）、日本の戦闘機に比べればまったくお話にならなかった。ソ連軍の撃墜された飛行機千六百七十三機に対し、日本軍の撃墜された飛行機は、その十分の一の百七十九機だった。

戦闘に参加した兵力の数を比較すると、日本軍三万に対し、ソ連軍は二十三万が参加した。読者諸氏は戦力二乗の法則というものをご存知であろうか。要塞攻防戦のような特殊なケースは別にして、野戦の場合、二倍の兵数を相手に戦うときは、実質的な戦力差はその二乗の四倍の差ではね返ってくるのである。ノモンハンは兵力の差が十倍近くあったのだから、ソ連軍は実質的に日本軍の百倍の戦力を有していたことになる。それが日本軍より大きい損害を出したなど、普通では考えられないことである。ソ連軍の兵器の質が悪かったということと、軍隊の指揮系統が滅茶苦茶だったということであろう。

日本の大本営は増援軍派遣を決定し、十万の精強部隊がノモンハン付近に集結した（本書254頁参照）。これを見てスターリンは恐怖に震え上がった。三万にも満たない少数の日本軍を相手に、二十三万のソ連の大軍がこれだけ苦戦を強いられているというのに、この上さらに十万の日本軍の増援部隊を相手に戦えば、ソ連軍は間違いなく壊滅する。このように判断したスターリンは、外相リッベントロップを通じてヒトラーに停戦の仲介を依頼した。その直前に調印された独ソ不可侵条約は、全世界を驚倒させた大ニュースであったが、これもノモンハン事件の処理に手を焼いたスターリンが、その早期解決をはかるべく、ドイツに急接近したと見るのが正しい。日本が恐ソ病にかかっていたのは事実であるが、ソ連はそれ以上に恐日病にかかっていたのである。

十万の増援部隊と合流して、いよいよこれから本格的な反撃に移ろうとしているその矢先、現地の日本軍は停戦成立と聞いて、地団太踏んで口惜しがった。七割が死傷したとはいえ、戦闘に参加した現地の軍隊は、自分たちが負けていないということを誰よりもよく知っている。

十倍近い敵の大軍を相手に、敵の飛行機を千七百機撃墜し、戦車を八百台破壊し、歩兵の白兵戦では段違いの強さで、多数の敵兵を殺傷しているのだから、自分たちのほうが勝っているという実感と手ごたえは十分あった。

ノモンハン事件でソ連軍を指揮したジューコフ将軍は、その後第二次大戦でドイツを倒してソ連を勝利に導いた歴戦の将軍であり、祖国ソ連では軍神扱いされている救国の英雄である。そのジューコフが戦後、アメリカのミシガン大学のハケット教授や歴史学の教授や新聞記者と対談したときのことである。

「あなたの軍人としての長い生涯の中で、どの戦いが最も苦しかったか」

という質問に対し、ジューコフは即座に、

「ノモンハン事件だ」

と答えたという。

ソ連国民が二千五百万人死亡したといわれる、人類史上未曾有の戦いとなった独ソ戦の苛烈さを熟知しているアメリカ人学者から見て、彼らが当然予想していた回答は、スターリングラードをはじめとするヨーロッパでのいくつかの激戦だった。ところがさにあらず、ジューコフから返ってきた「ノモンハン事件だ」という回答を聞いて、彼らは一様に驚倒した。そしてあらためて浮かび上がってきたのは、ノモンハン事件における日本陸軍の精強さだった。まことにノモンハン事件とは、日本陸軍が世界最強であることを証明した戦いだったのである。

日本はノモンハンの戦いで実際には勝っていたのだが、情報不足と国際情勢認識のまずさがあって、日本は負けたと錯覚し休戦に応じた。もしこのとき日本が休戦に応じずに、十万の増援部隊が本格的に反撃に移っていたら、その後の歴史は変わっていたであろう。何よりも残念なのは、ノモンハンで負けたと日本が錯覚し、ソ連に対して弱気になったために、日本陸軍伝統の北進論の鉾先《ほこさき》が鈍ってしまったことである。陸軍の仮想敵国は一貫してソ連であり、ソ連と戦うことを前提に戦略・戦術を練り、訓練していたのであるが、ノモンハン事件をきっかけに恐ソ病が生じた。それによって「ソ連とは戦うべからず」の暗黙の雰囲気が陸軍を支配し、二年後の独ソ戦勃発時の絶好のチャンスに、北進してソ連を打倒するのを断念してしまった。その結果、海軍の南進論にずるずると引きずられて、最後は対米開戦という最悪のシナリオに突入してしまったのである。

もしもこのとき日本が、南進してアメリカと戦うという選択をせず、北進してソ連を討つべく、ドイツとともにソ連を東西から挟み撃ちにしていれば、第二次大戦はまったく異なる結果になっていただろう。そしてスターリンの大謀略は未然に粉砕され、戦後の世界のあの共産主義の恐るべき悲劇はなかったに違いない。それを思うにつけても、日本が情報不足と情勢判断の誤りで、ノモンハン事件の真相と戦果を正確に把握せず、それがその後の日本の外交政策を誤らせてしまったことが、かえすがえすも悔やまれるのである。

当時のソ連は粛清に次ぐ粛清で、内部がガタガタの状態だった。ソ連がノモンハンで負けたのも、独ソ戦の緒戦で負けたのも当然なのである。ソ連は人口数百万の小国フィンランドを相手に戦っても、大苦戦を強いられて数十万の死傷者を出し、全世界に大恥をさらした。ノモンハンで日本軍は、戦場で捕獲したソ連の兵器を見て、その質の悪さに一様に驚いている。またソ連軍の兵士は逃亡を防ぐために、戦車や装甲車の中で鎖に縛られ、外から錠をして内側から出られないようにしていた。背後には督戦隊が控えていて、敗走してくる味方の兵士を射殺したり、あるいは火炎放射器で焼き殺したりしていた。これが「人民の国」ソ連の軍隊の実態だったのである。

日本が第二次大戦に敗れたのは、よくいわれるようにアメリカ軍との物量戦の差、戦闘を保証できる生産力やロジスティックスその他による、総合力の日米差にあった。日本陸軍についてやや弁護するなら、当時日本陸軍の主戦場はシナ大陸で、アメリカ軍とは具体的な戦闘シミュレーションもなかった。太平洋は海洋日本の威信を担ったはずの海軍の受け持ちで、陸軍の守備範囲ではなかった。大東亜戦争開戦後、海軍のずさんな作戦のために制空権をアメリカに奪われたことから海上補給路が断たれ、精強を誇る日本兵がその実力を発揮できぬまま、南方の孤島のジャングルで飢餓と病気のために次々に命を落としていった。昭和の破滅の原点を陸軍のノモンハンに見出し、この失敗の教訓を活かさなかったことが、その後のさらなる悲劇を招いたとする従来の通説は、根拠の乏しい空論に過ぎない。

これらのテーマについては、拙著『開戦と終戦をアメリカに発した男』に詳述しているので参照されたい。

かつて作家の半藤一利氏は『ノモンハンの夏』（文藝春秋）というベストセラーを書いた。氏はこの作品の最後の締め括《くく》りに、辻政信を登場させ、ノモンハン事件の責任を問われることもなく、再び蘇って対米開戦を推進し、国家を破滅に追いやったと述べて、物語の幕を下ろしている。だが、「指揮官と参謀が愚劣で、手前本位でいい調子になっている組織は壊滅する」などの表現を、ノモンハン事件にそのまま当てはめることができるだろうか。現代史を語る難しさはここにある。

とはいえ、私が何よりもうれしいのは、本書に新たな事実と、著者自らの記録を会させることによって、ノモンハン事件を見直すきっかけが生まれることである。

「ノモンハン事件に象徴される、わずかな局地的戦闘から日本陸軍の硬直性を見出し、日本軍の全体像のように括る」ことよりも、「なぜアメリカのような怪物を味方につけることができず、心ならずも敵にまわして全面戦争に追い込まれたのか」を真剣に考えるべきだろう。そこにこそ、第二次大戦で惨敗を喫したわれわれの教訓があるのではないか。

令和二年七月

福井雄三（東京国際大学教授）

ノモンハン秘史　目次

＊本書は辻政信著『ノモンハン』（亜東書房・昭和二十五年）および『ノモンハン秘史』新書版（毎日ワンズ・平成二十八年）を底本とし、新たに編集したものです。
＊文中の編集部注釈には、著者注釈との混同を避けるため「＊」を付しました。
＊本書には、現代では差別的ととられかねない表現をそのまま表記した箇所がありますが、差別を助長する意図は一切ないことをお断りいたします。

毎日ワンズ編集部

ノモンハン秘史

まえがき

血に塗《まみ》れた古い日記帳を繙《ひもと》いて、鬼気迫るノモンハン事件の真相を明らかにしようとペンを執ったのは、三十八度線で戦いの火蓋が切られた直後である。

牧草を逐《お》って羊群を駆る蒙古の民の希望に反して起こったノモンハン事件と、白衣を纏《まと》い長《なが》煙管《ぎせる》を持つ民族の希望に反して捲き起こされた朝鮮の内乱は、形の上においてよく似たものがある。ただ、前者は人煙稀薄の砂漠であり、後者は三千万民衆の密住する地域であることが異なっている。

付属国を背後で操縦するソ連と、計画的侵略を受けた友邦を助けて起った米国の立場とは、ノモンハン事件におけるソ連対日本の立場に彷彿《ほうふつ》たるものがある。

あれからの十一年間は、円《まど》かなる地球の上に、角を突き合わした十一年間であった。恐らくはさらに二十年間にわたるであろう呪われた人類闘争の時代である。

著者は、当時の幕僚として、ノモンハン事件失敗の責任を痛感するものであるにもかかわらず、臆面もなく敢えて当時の真相を公表する所以《ゆえん》は、朝鮮に捲き起こされた戦争の動向を判断する上に何らかの示唆を与え、また、眼前に迫りつつある第三次大戦に戦争放棄の憲法を護持し、民族の運命を国際信義のみに依存し得るや否やにつき、何らかの参考たらしめようと意図するからである。

草も木も焼けるような砂漠に、血を浴びつつ剣を執って戦う者の心理と、冷房装置の大廈《たいか》のデスクに、ペンを持って戦争を指導する人の心理とを、戦争目的に一致するように調和させることが、どんなに難しいものであり、この調和を欠いたとき、その結果が如何に悲しむべき運命を辿るかを、本書によって認識せられ、さらに一歩を進めて、このような惨烈な近代戦を、人類の世界から永遠に回避する良識を喚起させることに役立つならば、それこそ望外の幸いである。

著者誌す

一　眼と眼

死なば諸共に

国籍不明の飛行機、一機
高度六千米《メートル》
東寧《とうねい》上空より越境、西に向う

との飛電が関東軍司令部のアンテナにキャッチされた。昭和十三年五月上旬である。
中国本土の戦争が華北から華中に広がり、上海南京を戦火で掩《おお》い、対ソ作戦の精鋭兵団として満を持していた幾つかの内地師団が次々に動員されて大陸戦線に注ぎ込まれているとき、北の守りに張り切っていた司令部の作戦室では、明らかにソ連機の不法越境と断定して対策を凝議《ぎょうぎ》している。

北鉄買収で満州里《マンチユリ》からハルビンを経て、沿海州に連なるソ連の鉄道幹線を満州国の名で回収したものの、永年にわたって計画的に布置されたソ連の地下組織は、あるいは白系露人の仮面の下に、あるいは第三国人の商行為に偽装されて根深く植えつけられている。

「畜生、またやりやがったなあ」
「何とかして撃ち墜《お》とす方法はなかろうか」

「物的証拠を掴まない限りは……」

等々の嘆声が幕僚の間に幾度か繰り返された。

一度や二度ならまだしも、仏の顔もこれで三度だ。報復越境以外に手はない。衆議の上、決裁された。

一方的に信義を守り、空中でも地上でも厳重に越境を禁止されていた植田軍司令官もたび重なる怪飛行機の越境偵察に対しては、ついに幕僚の献策を容れられねばならなかった。

彼（＊ソ連）に開戦の企図は万々あるまい。しかし、中国本土に対する作戦を牽制する厭《いや》がらせは、地上においても空中においても日を逐うて悪質化してきた。

国境の全正面をトーチカで固めたソ連の内情は杳《よう》として知ることができない。ただ僅かに、満領内の展望哨が昼夜眼を皿にしてソ領内の動きを見つめているが、山に遮《さえぎ》られ密林に蔽《おお》われて深く内部を見ることはできなかった。

白系露人や、満州人や朝鮮人の密偵数組を特務機関の指導で闇に紛れて国境を越えて潜り込ませたが、ほとんど全部途中で発見された。トーチカの間隙《かんげき》に配置されていたソ連の軍用犬は監視兵にもまさる強敵であった。

航空主任三好参謀の緊張し切った顔は蒼白であった。新型司令部偵察機（以下司偵と略称）

による高空越境、写真偵察の計画に精魂を注ぎ込んでいたのである。

関東軍隷下の偵察飛行中隊から決死の将校を選抜し、国境を越えてまず東正面のソ領内を、次いで北正面の要点を空中撮影する用意が整えられた。

これはまさしく決死行だ。撃墜されるかも知れぬ。死んでも戦死としては取り扱われない。このような任務を隷下に与えるには、まず以て関東軍参謀が先鞭《せんべん》をつけるべきである。進んでその任に当たろう、と決心した。

思えば憧れの関東軍に職を奉じたのは二・二六事件の直後であった。「骨を大陸に曝《さら》そう」と決意して巣立ちしてから十三年の後である。

最初は軍人に似合わない満州国の政治経済の仕事に関係した。民族協和の理想を実現すべく肝胆を砕いているとき、図らずも七・七事件（＊盧溝橋事件）が起こって、北支方面軍参謀に転出し、板垣師団に付いて、長城線の突破に、忻口鎮《きんこうちん》の苦戦に、太原《たいげん》攻略に幾度か死地を越え、第一線中隊と共に太原城壁の一角に突入し、その上で敵弾を浴びつつ再び関東軍参謀の電報命令を受け、懐かしい植田将軍の下に馳《は》せ帰った。

それからの勤務は作戦参謀として、満州国内の治安粛正に、対ソ訓練に、全能を傾けていたのである。

願ってもないよい死場所だ。重任を見事に遂行できたら、後に続く者に自信を与えるであろう。幾度か死ぬべくして死ななかったこの身だ。沿海州の一隅に黒焦げになって捨てられても惜しくはない。

しかし、この申し出はなかなか通らなかった。理は当然であるが情において容易に許されない。同僚も上官も万一を苦慮されたのである。三好参謀の取りなしでどうにか許されたとき、作戦室に緊張した三人の青年操縦将校が呼び出された。それは、

A大尉　　飛行経験約四千時間
松田中尉　飛行経験約三千時間
秋山少尉　飛行経験約八百時間

「辻君……この三人の中、君の気に入った操縦者を選んでくれたまえ」という三好参謀の口添えであった。

A大尉は司偵の中隊長として、松田中尉は軍司令官の専属操縦士として腕に覚えのある猛者《もさ》であるが、一番左に立っていた秋山少尉は市ヶ谷台で数年前教えた可愛い青年将校であった。

まだ練熟の腕前ではないが、元の中隊長を載せて、初めての越境飛行を死を以て貫徹しようとする決意が眉宇《びう》に溢れている。

「秋山少尉、一緒に飛ぼう、いいか」

「はい、必ずやります」

蒼味《そうみ》を帯びた痩せ型の秋山少尉はまだ二十三、四歳、汚《けが》れを知らない青年将校である。二人の先輩を差し置いて選ばれたことを光栄に感じているか、それとも市ヶ谷台上で結ばれた師弟の情誼《じょうぎ》に死を以て殉じようとするのであろうか。

「どうせ死ぬなら、教え子と死のう」との感激から老練の二人を差し置いて秋山少尉を選定したのである。この気持ちを察知した三好参謀は、

「おい、秋山少尉、中隊長を殺してはならぬぞッ、十分準備して自重してやれよ」

と、肩をたたきながら励ましている。

五月十五日の空は一点の雲もなく晴れ渡っていた。気象通報は沿海州一帯の快晴をも報じている。

牡丹江《ぼたんこう》の飛行場に、いましも一台の司偵機が快調の爆音を立てて主人を迎えている。日の丸の印は塗り潰されて、満州国航空会社のマークに変えられ、機中に何一つ軍人らしいと思われる所持品もない。軍服を脱いで満航社員の服に換えた二人はただ一枚の地図によってコースを打ち合わせた。

一、東寧上空より高度六千米で越境し、ウオロシロフ周辺より北上して、イマン付近を偵察の後、虎林《こりん》、穆稜《ぼくりょう》を経て帰還する。所要時間約三時間半。
二、万一発見された場合には雲の中に隠れて逃げ、射たれて故障を起こしたら興凱湖《こうがいこ》に突っ込め！　その余裕がないときは付近の山にぶっつけて火災を起こせ。

指示はただこれだけであった。酸素吸入器を点検し、マスクをかけてその使い方を少尉に教わりながら、整備兵たちに見送られて離陸した。

九七式司令部偵察機

死を決しての旅立ちとも思われない気軽さである。可愛い青年将校を道連れにすることが如何にも罪なようでもあるが、またその反面に、教え子とならばいつでも心中できるとの気持ちが起こった。

司偵は速力が唯一の武装である。一挺の機関銃もなく拳銃さえもない。敵機に発見されたら三十六計逃げるに如《し》かず。

中隊長を載せて初めて死地に飛び込む秋山少尉の後ろ姿が、狭い座席の三尺ほど前に微動もしない。全神経を操縦桿に集めているようだ。爆音に妨げられて話はただ一本の伝声管によらねばならぬ。「高度を上げます」との声が機上最初の連絡であった。ソ連との東部国境沿い、東寧の街が近づくに従って、段々呼吸が苦しくなり、冷気を感じてくる。

高度計の目盛は刻々上がって五千を指した。できるだけ我慢しよう。少しでも酸素を節約しなければならぬ、と考え稀薄になった空気の質を量で補おうと深呼吸をしていたが、六千メートルに近づいたときは、ついに堪《たま》らなくなって、酸素缶の栓をひねった。マスクを鼻に当てて息苦しさを防ごうとしたが、どうしたことか一向に効き目がない。

東寧の地形が眼下に展開した。飛行機はまさしく満ソ国境線の直上にある。

「越境しますッ」と緊張した秋山少尉の声が耳に強く響いたとき、とうとう弱音を吐いた。

「息が苦しい。酸素が出ない」

後ろを振り返った少尉の顔には驚きの色が見える。

「反転。高度を下げます」

機は急旋回した。身体が左右に捻《ね》じられるようである。東寧西方の森林に向かって急角度に降下した途端、顔面一帯に針で刺されるような痛みを感じた。

両手でさすってみたが治らない。呼吸は次第に楽になったが、急激な気圧の変化から起こる神経作用であろう。耳鳴りがする。そのたびに口を大きく開き鼻をつまんで調節を加えた。ようやく平静を回復したかと思うと、冷え切った身体が急に熱くなり汗さえ滲《にじ》み出した。

約一時間の後に牡丹江の飛行場に帰り着き点検してみると、不覚にも酸素缶の小さい管が錆びついていた。あのまま続けて飛んだら、窒息死か、あるいは高度を下げて敵に撃墜される以外に途《みち》はなかった。

新しい酸素缶と取り換え、再び牡丹江飛行場を離陸したときは十時を過ぎていた。「今度は大丈夫」と、東寧上空で六千メートルに高度を取った。

臍《へそ》の緒切って以来、初めて飛ぶ敵地の上空である。この地で戦わねばならぬかと思うと、刻々展開される地形に全神経を集めて喰い入るように眺めた。

地図の上に現われていない新しい自動車道が驚くほど発達している。満領内に比べると大人と子供ほどの相違である。道路の発達はそのまま軍事施設の強化を物語っている。国境だけの単純なトーチカ陣地ではなく、縦深約三十キロメートルにわたり、海綿状に深い抵抗地帯が準備されているにちがいない。綏芬河《すいふんが》の下流は羊腸のような屈曲を見せて、両岸一帯は湿地帯をなしてウラジオストクに続いている。大障碍《だいしょうがい》を呈するようである。

この地形、この陣地を突破するのは容易ではあるまい。移りゆく下界の様相はパノラマのように展開し、脳膜に焦げつくように映ずるうちに、鼓《つづみ》のような形をした大滑走路がくっきりと眼に映った。「あッ、ウオロシロフの飛行場だッ」と思わず叫んだ。

軍事基地ウオロシロフは、この大飛行場を中心とした近代要塞の装いを凝《こ》らしている。

満領内の貧弱な我が軍用飛行場とは雲泥の相違がある。太陽に反射する大舗装飛行場を飽かず眺めていたとき、突然トンボのように乱舞する機影を、高度四千メートル付近の空中に発見した。おびただしい数だ。少なくも三、四十機は下るまい。新鋭を誇るソ連戦闘機の大群が演習の真最中である。いまにも発見されて、下から機関銃弾が撃ち出されそうに思われる。尻がムズ痒くなった。

偵察を心ゆくまでしようと焦る心と、一刻も早く無気味な敵機から逃れようとする本能とがからみ合って争っている。伝声管を伝わる秋山少尉の声は落ちついている。

「一旋《ひとまわ》りしましょうか」

少尉の眼もソ連戦闘機の乱舞するさまを見逃そうはずはない。にもかかわらずその上空を旋回しようと決心したのである。「よーし。旋回」と答えた。

一刻も早く逃れたい本能を抑えて旋回を要求したのは、教え子に対する中隊長の面子《めんつ》でもあり、また作戦参謀としての責任感でもあった。

少尉は何喰わぬ顔をして、大きな円を描きながらウオロシロフの上空をゆっくり旋った。飛行機の速力がこんなに遅く感ずるものか。もう少し小さい円で一刻も早く旋回してくれたらよいが……。しかし秋山少尉は一向に平気で悠々と旋った。血走った眼で何物も逃さじと見つめた数分間が数日のように長く感ずる。

「まだ発見されないだろう。もし発見されたとしても敵機が六千五百メートルの高空に飛び上がるには酸素缶が必要であろう。まさかその準備もあるまい」との自慰の感覚が辛うじて、心の不安を抑えてくれる。

一回旋り終わったとき、少尉は後方を振り向きにっこり笑った。

「もう一度旋回しましょうか」

演習そのままの表情であった。「いや、もう結構。北に進め」と答えたとき、何だか教え子に心の中を見すかされたように感じた。この若い少尉は、必要とあらば幾度でも旋回して、中隊長に、否、軍参謀に十分偵察の時間を与えようと、生もなく、死もない境地に達しているのであろう。

一本参ったような気がする。しかし見るだけは見た。先を急ごうという心で、辛うじて少尉に恥ずかしいような気持ちを抑えながら、鉄道線の上空を北に急いだ。

右方の窓から眼に映る光景は図上では予期しなかった大自動車道路である。鉄道線から丘陵を越えて、さらに東方のダウビエ河谷《かこく》に通ずる数条の軍用道路が、電光型に東に向かっている。

ソ連の抵抗施設は、予想に反してウオロシロフのさらに東方に、十ないし二十キロメートルにわたって奥深く造られているにちがいない。とすればウオロシロフ周辺で敵を捕捉しようというような従来の浅い作戦構想は、根本的に修正しなければならぬ。視ることと考えることで頭が一杯になり、敵機への警戒を全く忘れ果てて北に飛んだ。

左の窓に映る興凱湖の水面は鏡のように澄みわたり、その中にソ連の砲艇数隻が鷗《かもめ》のように游《およ》いでいる。

イマン上空では南北に通ずる幹線道路から岐《わか》れて、ウスリー河畔に向かう自動車道が数条新しく造られ、その端末には恐るべき魔物を蔵しているらしい。黒い煙を吐いた汽車がヒッキリなしに南進し、北上している。何物が積まれているのだろう。

約二時間にわたる高空飛行で、酸素缶はすっかり空になった。もう帰らねばならぬ。

「偵察終わり、帰れッ」の命令に、重任を果たした秋山少尉は勢いよく左に機首を転じた。ウスリー河を越えると共に急降下して三千メートルに下がった。肩の凝りが急に融け、呼吸が楽になると共に全身にケダルさを覚える。

完達山が眼の前に現われた。アワヤ、山にぶつかると思われるばかり、機は前後に左右に安定を失ってきた。確かに操縦士の疲労であろう。

「もう一息だ！　頑張れ！」

大声で秋山少尉を励ましながら、密林の上空をスレスレに飛んで、牡丹江飛行場に着陸したときは、午後二時を過ぎていた。約四時間の飛行中、半分以上は敵の上空を飛んだのである。

滑走路に着いたとき、急に疲れを覚えた。待ち構えていた飛行場勤務兵は、重任を見事に果たして帰った飛行機を、抱くようにいたわりながら格納庫に入れている。

二人は思わず両手を握り合ったまま滑走路の上にあぐらをかいた。歩く元気さえないように疲れ果てたのである。運ばれた熱い茶で元気を取り戻し、休憩室の長椅子の上にグッタリ横になった。

ああ危なかった。すんでのことに教え子と心中するところであった。痩せた秋山少尉が、僅か数時間でさらに痩せたようにさえ見える。どんなにか気を使ったことだろう。軍参謀に十分任務を果たさせたい気持ちと、中隊長を殺してはならぬ気持ちだけで、自分の生死を全く忘れ果てた少尉の頬には初めて紅色がさしてきた。

「御苦労さま、よく飛んでくれた。収穫は大きかったよ」

もう一度旋りましょうと言った秋山少尉に、もう結構とことわったのが、何だか恥ずかしいような気がした。しかしあの場合、もう一度旋回していたら恐らくソ連戦闘機に包囲されたことだろう。この可愛い教え子を殺さないでよかった。

独りで慰めながら、その晩は久しぶりに、兵站《へいたん》宿舎で少尉と語り明かした。

鬼の首を幾つか取ったような気持ちで翌日意気揚々と新京の関東軍司令部に帰った。数々のお土産の報告を中心にして、万一の場合に取るべき作戦構想を練るのが、その後の大きな仕事であった。

満州国の首都、新京

境を争う

空からの侵犯はソ連の先手で始められ、我もこれに対抗したが、お互いに証跡を残さないのに反し、地上での越境は尺土《せきど》といえども見逃されなかった。頻々《ひんぴん》としてソ連歩哨や斥候《せっこう》巡察の満領内侵入が第一線から報告せられ、その都度、我が監視隊との間に小競り合いが演ぜられた。

地図と現地との境界不明瞭な方面も少なくはなかった。紛争は例外なしに、この不明瞭な、主張を異にする地域で起こっている。

東部正面が彼我主力の決戦と見られていただけに、界標の設置も他の正面よりは厳格に行われていた。しかし、この界標は簡単な石標で地面を少し掘って埋めた程度に過ぎないために、人力で軽易に動かし得るものも少なくなかった。

綏芬河と東寧は東正面の両方の玄関であり、それを繫《つな》ぐ意味において中間の十八号界標が要点と見られていた。この方面の境界を直接点検する目的で、綏芬河から東寧に至る距離を地図と磁石とを頼りに、一直線に北から南へ踏破する計画を樹《た》てたのは、空中から報復越境した直後であった。現地の守備隊には偵察行動の概要を伝え、掩護兵を出すようにと関東軍参謀長から電報してあった。

昭和十三年の六月上旬である。単身まず綏芬河に行き、駐屯する日本軍に連絡したところ、その連隊では何らの準備もできていない。

「連隊付の某中佐が『辻という参謀は何を仕出かすかわからない。あんな男に兵隊をつけてやると巻き添え喰うから知らん顔をしとれ』と言って、関東軍からの電報を黙殺し、掩護兵一名さえも出さない」

とのことであった。

「よし。それなら結構だ。かえって五月蠅《うるさ》くなくてよい。一人でいまから予定の通り地図上の国境線を一直線に南に向かっていく」

と電話で伝えた。

事が万一起こった場合、兵隊さんを射たれたり、怪我させたりすると始末が悪い。このような荒仕事は一人に限ると、ほくそ笑みながら、一枚の地図と磁石を頼りに、綏芬河から山を越え谷を渡り、林を潜《くぐ》りながら嵐を孕《はら》む国境線の直線コースを跋渉《ばっしょう》した。

道路を歩くなら訳はない距離であるが、路外の直線行進は容易なことではない。一キロメートルを一時間もかかって、その夜ようやく十八号界標西側の守備隊に一人で辿り着いた。

隊長は驚いていた。

「どうして一人で来られましたか」

と、さも不思議そうである。

「いや、第一線に信用がないもんですから掩護兵を出してもらえなかったのですよ。一人がかえって気楽でいいですよ。明日もまた一人で行きましょう」

と、大笑いした。

隊長の後方に黙って聞いていた若い将校がいた。顔に見覚えがある。確かに四十八期生だ。

懐かしそうな顔で、

「若月少尉です。明日是非お伴させていただきます」

と、市ヶ谷台上の中隊長時代の教え子が、ここでもまた親しく迎えてくれた。生死を共にしようと進んで一番危険な十八号界標高地に随行を志願してくれる心根を思うと、秋山少尉と初めてソ領上空に突進したときのような気分になる。

十八号界標は、東寧と綏芬河の中間に位《くらい》する戦略上の要点である。その最高地は地図上では満領になっているが、ソ連兵はしばしば越境して、境界石を西に移している形跡が窺《うかが》われる紛争の地点であった。

「明日はぶつかるかも知れんから十分覚悟して、精兵四、五名だけを軽装で準備し、軽機一挺と、三挺の小銃と、各人五個の手榴弾を準備するように」

と注意を与え、夜更けるまで天幕の内で語り続けた。敵と、僅かに二、三百メートルを隔てて相対峙《あいたいじ》している守備隊将兵は、一日として戎衣《じゅうい》を解く暇がない。緊張の長い連続ではかえって弛緩《しかん》を来たすのではなかろうか、とさえ感ぜられるところがある。

六月十日の朝、どんより曇った空は雨を含んでいる。若月少尉に指揮された一分隊の兵はさすがに緊張そのものであり、鉄兜に身を固めている。糧食は二食分だけであるが弾丸だけは十分に携行していた。

「今日は紛争地点の偵察である。十分注意して決して声や音を立ててはならぬ。命令するまでは絶対に撃つな」

と注意を促して、降り出した雨の急坂をよじ登った。丈余の草を掻き分けながら灌木《かんぼく》の繁った険しい坂を息を殺しつつ、ソ連の歩哨線に歩一歩近づいて行く中にすっかり全山が濃霧に包まれてきた。困ったことだ。この霧の中で進路を見失って深入りしてはならぬと用心しながら登り着いたとき、偶然か天祐か、墓標に似た高さ三尺くらいの界標石を高地の上に見つけ出した。

表面の刻字はロシア語で書かれ、裏面には「一九〇三年」の文字が深く彫り込まれている。土中に深く埋められてあるべきはずなのに、倒れたままであり、新しい土さえ付いている。最近掘り起こして位置を動かしたものと断定を下した。図上の国境線よりも約二百メートル西方に捨てられている。ソ連兵の仕業《しわざ》にちがいない。

雨は段々激しくなってきた。霧のため百メートル前方は見透《みとお》しがつかぬ。これは何よりの幸いであった。「どっこいしょ」と両手でこの界標石を肩に担ぎ上げた。なかなか重いが兵隊たちの手前、下ろす訳にはいかぬ。肩に喰い入る重みを両脚で支えながら、高地の尾根伝いに東の方に忍び足で進んだ。

虎の尾を踏むような気がする。ソ連の歩哨が眼の前に見えそうだ。咳一つする者もなく、軽機を肩から下ろし、腰だめ射撃の用意をして石を担いだ参謀の両側に散開した六名の将兵が、全部の神経を前方に集めながら雨の中の草を分けつつ進んだとき、突然一人の兵が大声で、

「ガース！」

と叫んだ。敵前至近の距離だ。何という不謹慎であろう。誰も瓦斯面《ガスマスク》は持って来なかった。

「ガース」と叫んだ兵にただしてみたら鼻をつまみながら顔をしかめている。

「変なにおいがします。臭いです」

正体はたちまちわかった。参謀殿が肩の重い石に圧《おさ》えられて放屁したのである。音を立てないようにと我慢しながら発散した瓦斯だ。

「確かに瓦斯にちがいない。しかし、この瓦斯は害にはならぬよ」

瓦斯の正体を初めて明らかにしたが、平常なら爆笑が起こるであろうに、敵前至近の距離で苦しそうに口を押さえ腹を抱えて笑い声を殺している。

幸いにして敵の歩哨に見つけられることなく、界標石を約二百メートル東方に移して埋めた。図上の国境線を現地で標識したのである。

雨と霧とのおかげで、この敵前作業は犠牲と紛争を起こすことなく終わった。

「僅かに二百メートルの土地を」と人は笑うであろう。しかし、この二百メートルを戦争で取り戻すためには、数十人の犠牲を出さねばならぬ。それよりも、東寧と綏芬河を結ぶ中間の制高点を確実に我が有にしておくことの必要は、さらに大きいものがある。

偵察を無事終わって、守備隊に帰り着くと共に隊長に意見を具申して、この要点を一小隊で占領確保させた。その後さらに兵力を増し、ベトンで固め、鉄条網を囲《めぐ》らした堅固な拠点が完成したのはその年の暮れであった。

国境画定の既成事実は、このようにしてできあがったのである。

共同調査や外交文書の交換で、我が要求を容れられるような相手ではなかった。

ソンガジヤ河を遡る

満ソ東部国境の北半部を画するものは、ウスリー河とその支流ソンガジヤ河である。

黒竜江《こくりゅうこう》上には、満ソ両国の江防艦隊が対峙して無気味な空気を孕んでいるが、満軍江防艦隊は日本海軍の指導を受けていた。大海ならぬ大陸に、駐満海軍部が関東軍と別個の系統で日本海軍の縄張りを固守していたが、磯谷《いそがい》中将を関東軍参謀長に迎えたとき、中央に強力に意見を具して廃止に決定された。海軍では「やれるものならやってみろ」との気分が相当に濃く、満州から引き退《さ》がると共に、満軍江防艦隊は立往生するにちがいないと考えていたらしい。たかだか五十トン級の砲艦だ、それは陸軍の船舶工兵で容易に指導することができた。江防艦隊と銘打ち、満州国海軍の母体として、関東軍司令官の指導の外に二元的に発達していたものが、軍服も陸軍同様になり、教育も装備も一元的指導を受けるように統一せられた直後、国境河川においてはしばしばソ連江上艦隊と小競り合いを演じた。

黒竜江の本流における彼我の勢力は三対一であるが、ハルビンに根拠を置く満軍江上部隊は小さい砲艇ながら五色の旗風も勇ましく、国境河川にあるいは監視を、あるいは兵員輸送を、補給輸送を担任していた。

陸軍参謀本部；所在地より三宅坂と通称された

その一艘の砲艇に乗り込んで、東部国境の河川偵察をやろうとしたのは昭和十三年の七月頃であった。参謀本部の船舶課長鈴木敬司大佐と、主任青津中佐と、満軍顧問花谷大佐の三人同行し虎林基地を発して、まずウスリー河本流を南に遡《さかのぼ》り、次いで支流ソンガジヤ河を遡った。

目的は国境河川両岸の地形、ソ連の軍情を直接視察し、対策を講ずるためであった。

一行四人は、数人の満軍将兵を護衛に伴って三十トンの小型砲艇に便乗し、浪高きウスリー河をソ連兵歩哨の銃口を脇腹に受けながら進んだ。ウスリー河は河幅が四、五百メートルもあり、水量も豊富で水深も深い。曲折甚だしい水流を遡ると、敵があるいは右に見え、あるいは左に見える。行き交う赤旗のソ連砲艇と、舷々相摩《げんげんあいま》することも再三であったが、互いに衝突を避けつつソンガジヤ河との合流点に碇を下ろして一夜を明かした。

ソンガジヤ河は河幅五十メートル内外であるが、興凱湖を水源に持ち、水量は豊かで底もまた深いらしい。二艘の砲艇が行き交うのは難しいような河であった。朝早く合流地点を出発した砲艇は、途中幾度か偽装されたソ連歩哨を指呼の間に眺めながら南進した。

舵を一寸でも誤ったら、いずれかの岸に擱坐《かくざ》しそうだ。トーチカの中から覗いているソ連の機関銃がいまにも火蓋を切るかのように思われる。歩哨の赤ら顔が積み上げられた稲束《いなづか》の間から覗いている中を、悠々と南に進んだ。

正午を過ぎた頃、舵を誤ったか、中州の上に腹をのし上げて容易に進まれない。ソ連歩哨の眼の前だ。一行は満領側に下船して、満軍将兵と力を合わせ、太い麻縄で艇首を曳《ひ》きながら、辛うじて離州することができた。声を合わせて曳船《えいせん》する姿を、物珍しそうにソ連兵が見守っている。僅かの時間を利用して、素早く河岸の湿地の通過状況を試験した。

この辺一帯の大湿地が戦時果たして諸兵の通過を許すや否やは、作戦上に大きな影響を持つであろう。

満領の状況を視察することは、そのまま河を隔てたソ領内の地形を判断できる。ただ異なるものは、ソ領側の湿地が朝鮮人農民の入植で、相当に耕され水田化されている点であった。満州側が朝鮮人農民に警戒の眼を向け、通敵の危険を考えて開拓を手控えていたとき、ソ連では積極的に入植を奨励していた結果であろう。

立場を変えて観察すると、ソ連は積極的にこの方面から湿地を渡って進攻を考えているようであり、関東軍は作戦上、この方面を持久正面と考えていた戦略的考慮に出たものともいえよう。いずれにしても国境の準備において、我は明らかに彼に一歩を譲っているものと判断される。

羊腸に似たこの水流を遡るには、図上直距離の二倍以上の時間がかかり、興凱湖の入口に達したときは、日はとっぷり暮れてしまった。

興凱湖には、有力なソ連の湖上艦隊が湖上を我が物顔に遊弋《ゆうよく》している。暗夜ただ一隻の砲艇で、その中に進入するのは決してよい気持ちはしない。

ツリーローグを目指して艇は暗《やみ》の水面を真西に進んだ。突然南風が強くなり、大浪が舷側に横殴りに打ちつけて、いまにも倒れそうになった。船舶課長も主任参謀も、玄人筋の意見は到底この荒浪を乗り切れそうにもない。残念ながらツリーローグ行きを断念して帰途についた。幾つかの意見を視察の結果として固め、翌日の夜半に虎林に辿り着いた。よくも問題を惹き起こさなかったものだ。

翌朝発って、飛行機で牡丹江を経由して新京に急いだ。虎林を出るとき昼食だけしか準備してなかったのに、天候不良のために予定以上の時間を費やし機中ですでに夜になった。空腹を訴えるが誰も食うものを持っていない。図嚢《ずのう》の底に入っていた鰹節を小刀で削りながら四人の空腹を抑え新京に着いたときは、不夜城のネオンが煌々《こうこう》と輝いていた。

視察の結果を総合し、従来大障碍と考えられていた興凱湖北方ソンガジヤ河畔の湿地は、ソ連歩兵の進攻可能であり、消極的にはその前提の下に防備を強化すべく、さらに将来この方面から積極作戦する場合を考えて、朝鮮人農民の国境地帯入植の国策を促進すべきであるとの意見は採用された。

僅かに五、六日の敵前視察ではあったが、自信ある作戦資料を掴み得た収穫は小さくなかったであろう。

酷寒零下五十度

満軍十万を民族協和の使徒として育て上げ、国内の治安をその独力で維持しようとの目標を示唆したのは、いまは亡き石原莞爾将軍であった。

「満人に鉄砲を持たせたら銃口をどこに向けるかわからない」という多くの人の危惧にもかかわらずこの理想目標への努力が続けられた。縁の下の力となって黙々として働いた蔭の人は、一部の軍事顧問とそれに応じて起ち上がった若い日本の青年であった。

顧問の多くは陸大出身でない人たちの中の気骨の士であり、当時の陸軍の人事に恵まれない人々であり、また若くて満軍に身を投じた者は、陸士の試験に失敗し、やるせない気持ちをせめて友邦軍幹部に求めようとする青年たちであった。それらの青年は、選ばれて満州軍官学校に入り、満人青年たちと共に軍事顧問に訓練された者で、満軍の中、下級幹部としての信望を収めながら満軍兵を指揮し、匪賊《ひぞく》の討伐に、鉄道の警備に、国境の監視に、ニンニクを嚙《かじ》り、焼餅を食い、南京虫と寝て文字通り日満一体、同甘共苦《どうかんきょうく》の行を積んでいる。

建国六年後の当時では、これらの青年は中隊長、小隊長の地位を占め、根強い地歩を固めてきた。希望に燃えながらも耐え忍ぶ苦難の道は生易しいものではない。

幾度か部下の寝返りにも遭い、寝首をかかれ、あるいは匪賊の急襲を受けて、ただ一人置いてきぼりにされながら、日本軍将兵からは冷たい眼で見られたことも少なくなかった。

和田勁《けい》氏によって育て上げられた靖安《せいあん》遊撃隊が骨幹となってできた靖安師団と、蒙古騎兵を主体とした興安師団とは、最精鋭として外征作戦にも使われる程度の力を備えた。

その他の部隊から選抜された幾つかの国境監視隊は、日本軍と並んで国境警備の任についている。

ソ連軍の主力と対抗する重要正面の国境は、もちろん日本軍の担任であるが、僻遠《へきえん》の正面はほとんど満軍の負担となっていた。

蜿蜒《えんえん》として満ソの北辺を画する千五百キロメートルの国境は黒竜江によって隔てられている。この広大な空間は至る所にソ連軍の隙間《すきま》を見出し得べく、冬ともなれば氷上を渡ってシベリア鉄道の脇腹に匕首《あいくち》を擬することもできる。

東部正面に彼我の主力が決戦を求めるとき、北の正面に横たわるソ連の鉄道幹線を遮断することは常識を以ても考えられるところであった。

満軍の精鋭部隊を特別に訓練し、約十個の挺進隊を編成して、仏山、烏雲《うゆん》、呼瑪《こま》、鷗浦《おうふ》、漠河《ばくが》などの国境要点に配置されてあった。

「いざ鎌倉」のときは秘かに準備してある爆薬を担ぎ、舟で黒竜江を渡り、冬は氷上を通過して対岸に潜り込み、敵の幹線鉄道を遮断しようとの対策が練られてあった。

その一隊が、最遠の地、漠河に配置されてある。

昭和十三年の真冬であった。突然、「漠河の満軍警備隊反乱を起こし、ソ領に遁入《とんにゅう》す」との悲電は関東軍作戦室を緊張させた。四、五十名の満軍がソ領に逃げ込んだとて、大勢に影響はないはずだ。しかし万一、挺進の企図が洩れては一大事である。北正面の作戦準備を担任していた著者の胸は早鐘を打たれるような気がした。取るものも取り敢えず、その日のうちに小型機でまず黒河《こっか》に飛んだ。

零下三十度を下る酷寒に加えて、数年ぶりの大雪で滑走地区の除雪に数百人の苦力《クーリー》が働いている。さっそく守備隊本部で情況を確かめた。だが六百キロメートルも離れた漠河の情況は黒河では何ら知ることができない。ただ現地からの報告をそのまま取り次いだだけであった。

国境を画する黒竜江も天険を誇るはただ解氷期の半年だけである。白一色に塗り潰された江上は徒歩数分でソ連領に続いている。

鼻下に垂れ下がる氷柱を払い除《の》けながら凍《い》てつく江岸に立って、寒さというよりは痛さを我慢して、しばらく対岸を凝視すると、ブラゴヴェシチェンスクの市街にはいつものような人通りが繁《しげ》く、江岸に立っているソ連の歩哨は防寒外套《がいとう》も着ず防寒帽も被《かぶ》らず、手袋もはめないで銃を持っている。気狂いではなかろうか、この寒さに……。あるいは防寒具の準備が整わないためなのか。それとも寒さに慣れているのだろうか。

屋外の練兵も休み、身重の防寒服に身を固めている日本軍と対照すると雲泥の相違である。零下二十度までを屋外行動の限界と見做《みな》していた当時の日本軍であった。

恐るべき人類だ。白熊と大差のないロシア人だ。冬は戦争ができないものと思っているのは日本軍だけの一方的考えではなかろうか。

漠河の満軍反乱にも増した驚きを直接この身で感じながら、とにかく現地に急行して事態を収拾しなければならないと思った。

氷上を自動車か橇《そり》で行けば少なくも一週間はかかるであろう。これでは急場に間に合いそうにもない。航空会社に交渉したが、この寒さではエンジンが凍《こお》るとて容易に出しそうもなかった。ようやくのことに、「モス」(小型二人乗り)一機を名操縦士札本君と共に準備した。満航としては決死の飛行であろう。

一月十日の早朝、積雪を掻き分けた狭い滑走路から飛び出した途端に、猛吹雪で視界を遮られる。黒竜江に沿って地上スレスレに低空飛行した。ともすればソ領にハミ出しそうである。無気味なトーチカが、いまにも火を吐きそうに思われる中を、辛うじて飛び越えながら飛行機は吹雪を冒して北に進んだ。呼瑪と鷗浦で給油し、その日の夕方前に最北端の漠河飛行場にようやく辿り着いた。

満軍監視隊を指揮していた日本人の大尉が、憂《うれ》い顔で雪の滑走路に迎えてくれた。黒河よりも十度以上も低いこの地では、厚い防寒外套を突き透す寒さは針のように痛い。

イギリス空軍練習機モス機；日本では主に偵察機として使用された

可愛い小型機を、天幕で作られた小さい格納庫にエンジン部だけを入れ、炭火で凍りつくのを防ぐようにした。

兵営に案内された。四、五十名の逃亡でガラ空きになった兵舎には、僅かに数名の満軍将兵が厳罰でも恐れるように競々として控えている。

「御苦労さま。……この寒さに、さぞかし苦しいでしょう。友だちが逃げたことは決して諸君の罪ではない。君たちに何一つ慰安も与えず、郷里からの手紙も届けさせなかった私の罪です」

心からお詫びし、軍司令官から貰ってきた金一封を隊長に贈って、豚でも買って食うようにと付け加えた。

銃殺か、少なくも監獄入りを覚悟していたらしい満軍将兵は、予期に反した言葉にしばらく信じられないような瞳を向けている。鉄道もなく、飛行便も月に一回ほどもないままに、故郷に残した妻や親たちの通信もほとんど半年間は途絶えがちであり、解氷期の船便で一年前の便りを受け取るに過ぎなかった。

人間を機械のように考えて配置したことが逃亡の主因であろう。この弱点に突っ込むかのように、ソ連の誘惑の手が差し延べられた。

ただ、隊長だけに知らされてあった戦時挺進の企図は何人にも洩らされず、用意の爆薬は缶詰に擬装して倉庫の片隅に残されてある。

その夜、寒い空兵舎の一室で、日満の軍人が民族を忘れて白酒《パイチュー》を酌み交わした。植田将軍から贈られた豚のすき焼きに、すっかり融け合った感情で夜の更けるまで談笑した。

励まし、訓《おし》えて、一夜を明かすと、昨日の陰惨な空気が拭《ぬぐ》われたように朗らかであった。名残《なご》りを惜しむ満軍将兵に見送られながら、再び雪の飛行場に愛機を曳き出した。

一晩中不寝番を立てて炭火で暖めていた発動機が、どうしたことか容易にかからない。零点下四十度を下る寒さに、ともすればエンジンの油が凍りつこうとする。辛うじて動いたプロペラの音もときどき結滞し、油圧がさっぱり上がらない。腕自慢の札本操縦士も、不安そうな面持ちであった。「途中故障が起こるかも知れませんよ」と心配そうに呟きながら離陸したのは正午に近かった。

睫毛《まつげ》にも鼻下にも垂れる氷柱を取り除けようともせず、出発間際まで語った友は、振るハンカチが小さくなるまで飛行機を見送ってくれた。

高度約千メートルに上がると、温度は恐らく零下五十度近くに下がるであろう。山の高さが五百メートル以上もあり、吹雪のために衝突を恐れて高度を取りながら帰りを急いだ。

漠河から約百キロメートルも離れた頃だろう。プロペラが突然停止した。操縦士は甲高い声で叫んだ。

「油圧が下がりました。エンジンが止まりました。山の上に片翼をぶつけて不時着します。バンドを締めて下さい」

さすがに老練である。飛行八千時間に近い札本君は、多年の経験で、この程度の傾斜の山腹ならば、片翼を先に樹上にぶつけることによって、生命に支障なく不時着できることを知っていたのであろう。

しかし、全く無住地帯の氷の密林中に果たして無事着陸し得たとしても、どうして生命を保ち得ようか。

河向こうのソ領側には、所々に平坦な畑地が見える。小型機の着陸には好都合であろう。飛行機を壊す心配は全くない。しかしソ連の歩哨小屋らしいものが点々と見える。

「山に不時着は待て。河向こうの、あの平地に着陸せッ」

思わず叫び返した。

「ソ領ですぞ、河向こうは……」

頓狂《とんきょう》な操縦士の答えが聞こえる。

「命令だッ、ソ領でも構わぬ。あの河向こうの平地に着けろッ」

すべて観念したのだろう。飛行機はエンジンの音もなく、滑るように機首を下げて、黒竜江の氷上スレスレに飛んで、やがて対岸（ソ領）の平地に着陸しようとした瞬間、全く予期しない爆音が聞こえた。

ブルブルッ……プロペラは勢いよく動き出した。何たる奇蹟であろう。死児が息を吹き返した以上の驚きであった。

地上スレスレの低空で、思わず見下ろすと、ソ連の歩哨二人が銃を高く差し上げながら大きな口を開けているのが、機体に触れそうに眼に映った。何事か叫んでいたのであろう。

急に撃たれそうな危険を感じた。だが幸運にも、この危地を巧みに脱して、江上を低空で鷗

浦飛行場に辿り着くことができた。滑走路に飛び降りた札本操縦士と固く手を握ったとき、彼は如何にも不思議そうな顔つきで、

「参謀殿、どうして河向こうに着陸を命令されたのですか。捕虜になるじゃありませんか」

と訊ねてきた。

「うん、なるかもしれん。実は、幼年学校時代から多少ロシア語をやっているので、着陸してソ連兵に押さえられたら、薄ノロの歩哨をごまかしてやる心算だった。『僕は漠河反乱の責任で銃殺されそうなので、ソ領に逃げてきた。この飛行機で何処《どこ》へでも飛んでゆくから、誰か同乗して案内してくれ』と欺《あざむ》いてソ連歩哨を生け捕りにして黒河へ帰ってくるところだったよ。あの飛行機の上から見た口を開けた薄ノロの顔を見たらわかるだろう」

札本操縦士もしばらく口を開けたままであった。

零下五十度の寒さに、エンジンが凍りつき、故障を起こしたものであろう。急に低空に降下したため、多少気温が上がり（零下四十度）、偶然、また動き出したものと考えるほかにこの奇蹟の説明はできなかった。

あのとき札本君の意見通り、片翼で森林中に不時着していたら狼の餌になったであろう。またソ領に着陸したら、あるいは縄目の恥をかかされていたかも知れぬ。

黒河に辿り着いたときは夕刻であった。兵站宿舎の温かいサービスが疲れ切った身体を慰めてくれた。

あの漠河では逃げるよりも、逃した者に罪の大半があるような気がした。それにしても、ソ連の魔手が、満軍内に極めて巧妙に喰い込んでいたことは争うべくもない。

挺進部隊としていた満軍をこの経験に基づいて一年ごとに交代させて、懐郷病の防止に努めた。それは同時に逃亡の防止でもあった。

地下に潜る眼

北鉄接収の直後であった。ハイラル付近で冬季の研究演習が行われるために、内地の実施学校や中央部から教育関係の幕僚や権威者たちが、革の鞄《かばん》に秘密の書類をぎっしり詰めてやってきた。

歩兵学校で編纂された「赤本」（対ソ戦法）がこの演習の虎の巻であり、国軍の当時における指南書でもあった。門外不出の秘密書類と銘打って数を限って頒布《はんぷ》されていた。

教育総監部の中堅幕僚数名が、初めて我が手に入った北満鉄道の客として、ウオッカに気焔を上げ、ぐっすり寝台車に潜り込んで、翌朝眼を覚まして見ると、枕にしていたはずの鞄はそのままそっくり何処《いずこ》にか姿を隠していた。満領内に巣喰っていた赤い第五列が、鉄道輸送の明細書をそのままモスクワに送っていたことは誰しも考えなかった後日譚《ごじったん》であった。

北満には、ハルビンにも、ハイラルにも、満州里にも、ソ連の領事館が外交官の特権を以て地下組織を操縦指導すれば、チタ、ブラゴヴェシチェンスク、ハバロフスク、ウラジオストクなどの満州国領事館員に偽装した幾人かの書記生は少佐、大尉級の化身でもあった。華やかな夜会の席にも心から打ち融け合わぬ幾つかの眼玉が光っている。

チタ領事館の二階の窓から丹念に観察された情報や、各駅を通過する列車の積荷の統計などが巨細に報告せられ、その間を往復する連絡便（クーリエ）にはほとんど例外なしに頭髪だけを伸ばした将校が外交官のパスに守られて往来した。これは日本側の一方的な対策ではなく、必ずそれと交換的にソ連側の偽装外交官が往復していたのである。

密偵操縦と白系露人工作を主任務とした数個の特務機関が国境要所に配置されて、血眼になって鉄のカーテンの内部を覗こうと焦ったが、彼は悠々として全満に潜らせた大規模の地下組織によって、満鉄の中にも、満州国政府の機関にも、満軍の中にも、秋林《チユウリン》洋行（＊デパート）の商網の中にも我に数十倍する秘密の眼玉を配置してあった。諜報謀略の見地からする戦いは遺憾ながら我の負けであった。

赤い粛清の嵐に脅えて、極東ゲーペーウーの大立物リュシコフ大将が琿春《こんしゅん》守備隊の第一線に単身投降したことは、日本軍をして鬼の首を取ったような凱歌を挙げさせた。

東京九段の偕行社の貴賓室に陣取って、参謀本部ロシア班の私設顧問のような地位に納まっていた亡命の彼に、結婚を熱望する日本の女性が少なくなかったとか。

リュシコフ将軍と前後して来投した若い少佐参謀の名は「フロント」であった。前者が主として政治的知識の豊富なのに対し、後者は純然たる軍事専門家として兵棋《へいぎ》演習の仮設敵となり、作戦訓練の上に相当の役に立ったことは特筆すべきであろう。

不可侵条約に署名する松岡洋右；その後ろはスターリン

松岡外相がモスクワでスターリンと抱き合い、共に東洋人だと肩をたたかれて悦に入りながら、日ソ不可侵条約を締結するや、朝野を挙げてスターリンの信義に期待した甘夢が、終戦直前の抜き打ち的宣戦布告となったことは忘れ得ぬソ連の友情である。
キャバレーやカフェでロシア娘にうつつを抜かしているとき、図嚢の中から地図が盗まれ、ポケットの手帳が抜かれた。

　己れの単純なるが故に人もまたそうだろうとする日本人的性格からも、諜報謀略戦においては太刀打ちできぬ相手が、虎視眈々として蜘蛛の巣のように、地上に地下に眼を配り網を張っていた。

二　歯と歯

カンチャーズ事件

徳王を担いで内蒙の独立を図り、第二の満州国を作って板垣、石原将軍に比肩しようと功を焦った田中隆吉参謀は、烏合の蒙古騎兵で百霊廟《ひゃくれいびょう》の一戦に、伝作義将軍に蹴散らされた。腐っていたところへ「西安《せいあん》で蒋介石が監禁せられた」とのニュースに欝憤を晴らしているとき、抗日の統一戦線で国共合作の工作が根強く進められていた。

延安に拠《よ》る毛沢東が、モスクワのスターリンと気脈を通じたか、七・七事件の前夜突如として満州の北辺に事が起こった。

昭和十二年の夏である。黒竜江上のソ連砲艇はチカトー西南のカンチァーズ(＊乾岔子)で、不法にも満領を侵犯し明らかに満州帰属の中州に兵を揚げた。

江上の勢力は三対一である。満軍砲艇は数においても質においてもソ連の敵ではなかった。

第一師団長は与えられた国境守備の任務から、いち早く江岸を占領し、ソ連砲艇を邀撃《ようげき》する準備を進めた。

競い立った関東軍は、時こそ到れりと、膺懲《ようちょう》報復の命令を下し、まさに兵力を以て中州を奪回する準備を整えたとき、東京では事件の拡大を極力防止すべく参謀総長の名を以て攻撃中止の命を伝えたが、これと前後して江岸占領の第一線部隊は僅かに二門の大砲でソ連砲艇を撃沈した。

これは第一線部隊の独断であり、久しぶりに溜飲《りゅういん》を下げた結果に終わったが、関東軍の統帥上の威令を隷下に失う結果を招いた。東條関東軍参謀長の弱腰を詰《なじ》る声が幕僚の間に起こって、一応は終末を見たものの、この事件は後年のノモンハンで現地と東京との対立を惹き起こす原因となった。

関東軍司令官が統帥の威信を以て、ソ連砲艇を攻撃する命令を下達《かたつ》し、矢はまさに弦を離れんとする直前に、参謀総長の意図で中止命令を下した後に、第一線部隊が独断で砲撃し、結果において奇功を奏したのであった。

中央部の命令意図に背いても、当然軍の任務を積極的に解決すべきであるとの少壮気鋭の幕僚の意見が、往年の満州事変における先例を追おうとしたのである。著者は当時、直接作戦に関係ない政治経済の下級幕僚であったが、職務を越えて積極論を主張した一人であった。

積極果敢に敵の不法を膺懲して事件の拡大を防止するか、消極慎重に恥を忍んで泣き寝入りの手で事件の惹起を防止するかは、恐らく今日米国首脳部においても相対立する見解の相違であろう。

是非善悪の判決は、相手の性格によらねばならぬ。我が一歩退《ひ》けば敵も進むまいと思うのはインテリの常識である。だがこの常識を超えて、弱きに乗ずる相手の正体を見究めることが現実の政治であり戦略ではなかろうか。

蒋介石を西安で監禁し、その生死を掌中《しょうちゅう》に握りながらも、礼を尽くして抗日による全国の統一戦線を主張し、蒋を釈放し抗日戦を実行した往時の周恩来は、今日の中国の総理であり、これを蔭で支援したモロトフは今日スターリンの後継者を予約されている。

中国とソ連とを二つの国と区別していたのは当時の日本であり、また今日の米国でもある。

張鼓峰の悲劇

七・七事件は積り積った日華の民族感情を爆発させて、戦火は全大陸に波及した。上海南京を陥落させたら蒋介石は手を上げるだろうとの多くの予想を裏切って、戦線は徐州に拡大し、さらに漢口に延びようとした。内地からの動員兵力だけで足りないらしく、北に備えた関東軍からも有力な兵団が中支戦線に転用せられそうな気配が濃厚になったとき、昭和十三年の夏、傍受電は満鮮ソの国境に近い張鼓峰《ちょうこほう》付近において、ソ連軍の積極的企図を察知させる兆候を伝えた。

この地域は朝鮮軍司令官の防衛任務に含まれている。他人の疝気《せんき》を頭痛に病むのではないが、地続きの関東軍には放っておけない関係があった。

大越参謀と共に現地を確認する任務を受けて現場に急行した。朝鮮軍守備隊がよい顔をしないのも当然である。危険を冒しながら張鼓峰の斜面を登ると、霧で蔽われた山上にはソ連兵のふるうシャベルの金属音が近くに聞こえる。

彼我の国境は高地の頂上を通過しているが、最高点を占領し、満領内の斜面にも溢れ出ていることは疑う余地がない。しかし、防衛任務を持たない関東軍としては、それ以上の行動は許されない。見たままの状況を中央部と朝鮮軍に知らせて成り行きを見守っていた。

これほど明瞭な侵犯を、そのまま頬被りすることは、東京もできなかったのだろう。間もなく、敵を撃攘《げきじょう》して国境線を確保する命令が朝鮮軍に下った。

北朝鮮駐屯の第十九師団が応急動員で戦場に駆けつけ、押《お》ッ取り刀で戦線に逐次加入したものの、準備を整え制高の利に拠って待つソ連軍を駆逐するのは容易な業《わざ》ではなかった。

約二週間にわたる苦戦で双方共に相当の死傷を生じたが、戦車と空軍と重砲を惜しみなく注入する敵の強襲で、戦いはいつ果てるとも見えなかった。この上は関東軍の主力を以て、南下するソ連軍の側面を脅威し、牽制するほかに良策はない。

植田将軍は東部正面の全軍に応急派兵を下令《かれい》し、主力を東寧、綏芬河正面に推進し、いつでも変に応じ得る態勢を整えた。師団長も兵も天幕内に待機して、進撃命令を待ちながら戦闘訓練に熱中した。

北朝鮮の鉄道要点をソ連機に爆撃せられながらも、我が飛行隊の行動は、厳しく制限されて戦わねばならぬ。朝鮮軍の苦悩は、察するに余りある。脚を縛られて喧嘩するような戦いに勝味のあるはずはない。

拡大を望まないのは双方の意志であり、モスクワの交渉開始から停戦命令が両軍に伝えられ、不首尾の結果を以て局を結んだ。

千数百の死傷者を出した戦場の跡には、依然としてソ連軍が不法越境の既成事実を確保している。確かに我が負けである。

善後処置として、琿春一帯の防衛任務を関東軍司令官に一任せられ、朝鮮軍は朝鮮内のみの防衛に切り換えられたのはその翌春であった。

防衛責任の切り換えと同時に、再び現場確認の任務を受けて、山岡中佐と共に張鼓峰の偵察を命ぜられた。

三月の上旬、豆満江《とまんこう》はまさに解氷の直前にあった。山岡参謀と共に護衛兵一小隊を連れ、写真班を用意して、敵の直前に進んだ。死灰を再燃させないで、どうして敵の不法越境を撮影するかに頭を捻《ひね》り、敵の意表に出る策案を樹てた。

約四十名の一小隊を四列の縦隊にし、先頭に大きな日章旗を押し立てて、全く無警戒に、大胆に、敵の直前に近づいた。その先頭に立って高地をよじ登り敵前約二百メートルに出ると、敵陣地は眼の前に現われた。銃眼に機関銃や小銃を並べて、引鉄《ひきがね》に手をかけている約二百名の顔が間近に見える。白いハンカチを振りながら、高地上に立って放尿すると、敵線からゲラゲラ笑い声が聞こえてきた。銃を構えた敵が段々警戒を解き、我が方を指さして何事か笑い合っている。警戒の必要を感じなかったのであろう。やがて高地上に達した護衛小隊を、敵前にわざと暴露させて円陣に坐らせ、酒を飲みながら弁当を開かせた。敵の声も聞こえ、味方の声も伝わった。戦車に蹂躙《じゅうりん》された痕が未だ生々しく地上に残り、鉄兜や兵器のかけらが一面に在りし日の惨闘《さんとう》を物語っている。

このようにして敵の注意を惹きつけながら秘かに準備を整えた写真班は、敵に気づかれない位置から詳細な地形、敵陣地の拡大写真を撮り終わった。

約一時間の敵前作業を無事に終わったとき、大きな声で「ドスウイダーニャ（さようなら）」

と叫んで、全員悠々と四列の縦隊になって山を下った。美人の写真数葉と、飲み残しのウイスキーと牛缶と、チョコレートを土産に残しておいた。

補給も不十分なこの戦場で、さぞかし飢えているだろうソ連兵に、郷愁を起こさす意図がその中に秘められてあった。危ぶまれた敵前偵察はこのようにして十二分に達成された。

拡大現像した写真には、事件前にも増した侵略越境の事実が厳然と残されている。この資料を参謀本部に急送し、軍司令官が満州防衛上、採るべき方策の指示を求めたのに対し、参謀総長から示された回答は、「そのままにしておけ」との内容であった。もちろん内外に発表しては威信にかかわると思ったのだろう。

参謀総長、閑院宮載仁親王

張鼓峰事件は、かくして犯されたままで幕を閉じたのである。知らぬは国民だけだ。この戦場で散った千数百の英霊は、どんな気持ちで結果を見守っていることだろう。

「敵を撃攘して国境線を回復確保せよ」との大命は、現実に無視されたのである。あのときに徹底的に膺懲し、実力を以て主張を貫徹していたら、恐らくはノモンハンの戦闘を惹き起こさなかったのではなかろうか。

三　誇る伝統

侵さず侵されず

満州事変が柳条湖で口火を切ったとき、内外の視聴は日ソの衝突に集められた。作戦主任石原莞爾中佐参謀の判断は、ソ連極東兵力の実情に鑑みソ連は絶対に起たないとの確信であった。この見透しの下に大胆果敢な全満作戦が指導されたのである。

戦火ハルビンに及びハイラルに拡大せられても、塁を固くして動かなかったソ連は、その後数年にわたり一見消極退嬰《たいえい》、敗戦主義の外観を呈しながらも、鉄のカーテン内で我に数倍する兵備の充実拡張に猛進した。

七・七事件前後においては、極東ソ連軍の対日実力は二対一となり、シナ戦線に関東軍の兵力を抽出転用するに及んでは、彼我の比率は三対一になっていた。

関東軍が九・一八事変（＊満州事変）以後、中央の統制に反し、断乎として満州での作戦を敢行した気風はその後永年にわたる伝統をなし、中央を恐れず、ソ連をも恐れない傾向を持っていた。

本庄、武藤、菱刈、南将軍の後を承《う》けた植田大将は、著者には第一次上海事変当時、戦場の第九師団長として懐かしく、その後参謀本部では次長として仕えた因縁浅からぬ将軍であった。

関東軍司令部要員

役職	課	階級・氏名
軍司令官		大将　植田謙吉
軍参謀長		中将　磯谷廉介
参謀副長		少将　矢野音三郎
各課	第一課	大佐　寺田雅雄
	第一課　作戦	中佐　服部卓四郎
	第一課　作戦	中佐　村沢　一雄
	第一課　作戦	少佐　辻　政信
	第一課　作戦	少佐　島貫　武治
	第一課　航空	中佐　三好　康之
	第四課	中佐　片倉　衷

参謀本部関係

参謀総長　大将　閑院宮載仁
参謀次長　中将　中島鉄蔵
第一部長　中将　橋本群
第二課長　大佐　稲田正純
　作　戦　中佐　有末次
　　　　　少佐　島村矩康

陸軍省関係

陸軍大臣　中将　板垣征四郎
陸軍次官　中将　山脇正隆
軍務局長　中将　町尻量基
軍事課長　大佐　岩畔豪雄

温顔に灰白の髯《ひげ》を蓄え、柔和な瞳には万人を容れるの量があり、当代稀に見る人格であった。東條参謀長の後を承けた磯谷参謀長もまた、中少尉時代を金沢の連隊長として仕え、父のように慕った武将であり、参謀副長矢野少将は、同じ将校団の先輩であった。作戦主任服部中佐は参謀本部時代から兄と慕った人格者で、島貫、村沢参謀もまた親しみ深い同僚であり先輩であった。

過去において多くの司令部や部隊に勤務したことはあるが、前後を通じて、当時の関東軍司令部ほど上下一体、水入らずの人的関係はかつてなかった。

信頼し、信頼されるだけに、生命を懸けての活動を惜しまなかったのである。

参謀本部の首脳部が、概ね実戦の経験皆無に近い陣営であるのに比較し、関東軍首脳部と幕僚の大多数は、いずれも戦場体験が豊かであった。一は机上の卓見を誇り、一は戦場の経験を楯に取る無言の対立が、現地と中央部との間に事前に醸《かも》されていた。

シナ事変を処理する間、北辺には事を起こさないよう戒慎《かいしん》を加えねばならぬ。これはおよそ軍事常識ある者の、誰しも異論のないところである。ただ問題は、その手段について見解の相違があった。

中央部は「侵されても侵さない」ことを希望し、関東軍は「侵さず、侵されざる」ことを建前とした。

弱味につけ込む相手を前に控えて、消極退嬰に陥ることは、かえって事件を誘発するものである。

三対一の実力とはいえ、「寄らば斬るぞ」の侵すべからざる威厳を備えることが、結果において北辺の静謐《せいひつ》を保持し得るものであるとの信条は、軍司令官以下全関東軍の一兵に至るまで透徹していた考え方であった。

関東軍司令官の任務は、次の通りに示されてあった。

「関東軍司令官は満州の防衛に任ずべし」

と——。

ただこの一項であった。

全関東軍の動きは、短い一行の中に集約統一されているのである。

極東ソ連軍は兵力を逐次に増強し、我に三倍するに至って、傲然《ごうぜん》挑戦的越境を各方面に試みた。あるいは国境画定不明確を理由として各所に紛争を惹起した。その原因の一半としては、従来関東軍が国境紛争について、第一線兵団に明確な指針を、与えていなかったことが挙げられる。

鼻柱の強い部隊長がやり過ぎても叱られ、弱気の部隊長は負けたら首になる。事件の成否によって、功罪一切の責を第一線部隊長のみに被せることは、いやしくも関東軍司令官の採るべき態度ではない。

この禍因を改め、第一線をして安んじて明確な任務を単純に遂行できるようにと考えられて、植田軍司令官から全関東軍に与えられた方針は次の通りである（昭和十四年四月）。

満ソ国境紛争処理要綱

一、軍は侵さず、侵さしめざるを満州防衛の根本基調とす。之が為満ソ国境に於けるソ軍（外蒙《がいもう》軍を含む）の不法行為に対しては、周到なる準備の下に徹底的に之を膺懲し、ソ軍を慴伏《しょうふく》せしめ、その野望を封殺す。

二、彼の不法行為に対しては断乎徹底的に膺懲することによりてのみ、事件の頻発または拡大を防止し得ることは、ソ軍の特性と過去の実績とに徴《ちょう》し極めて明瞭なる所以を部下に徹底し、特に第一線部隊に於ては国境接壌の特性を認識し、国境付近に生起する小戦の要領を教育し、苟《いやしく》も戦えば兵力の多寡《たか》、理非の如何《いかん》に拘らず必勝を期す。

三、国境線の明瞭なる地域に於ては、我より進んで彼を侵さざる如く厳に自戒すると共に、彼の越境を認めたるときは、周到なる計画準備の下に十分なる兵力を用い之を急襲殲滅《せんめつ》す。右目的を達成する為一時的にソ領に侵入し、又はソ兵を満領内に誘致滞留せしむることを得。

この際我が死傷者等をソ領内に遺留せざることに関し、万全を期すると共に、勉《つと》めて敵の屍体俘虜《したいふりよ》等を獲得す。

四、国境線明確ならざる地域に於ては、防衛司令官に於て自主的に国境線を認定して、之を第一線部隊に明示し、無用の紛争惹起を防止すると共に、第一線の任務達成を容易ならしむ。而して右地域内には必要以外の行動をなさざると共に、苟も行動の要ある場合に於ては、至厳なる警戒と周到なる部署とを以てし、万一衝突せば兵力の多寡国境の如何に拘らず必勝を期す。

五、斥候巡察等は勉めて将校の指揮する有力なるものを充当し、その行動を適切ならしむるため必ず明確なる任務を与う。

六、事件発生せば速に之を報告通報すると共に其後に於ける処理の経過を適時報告通報し、神速適切なる対策に上下左右遺憾なきを期す。

七、国境に位置する第一線部隊は能《よ》く国境接壌の特性を認識し、無用の事端を惹起せざることに関し、万全を期すると共に、常に彼の動静を明かにし、万一紛争を惹起せば任務に基き、断乎として積極果敢に行動し、その結果派生すべき事態の収拾処理に関しては上級司令部に信頼し、意を安んじて唯第一線現場に於ける必勝に専念し万全を期す。
八、従来の指示通牒等は爾今《じこん》一切之を廃棄す。
備考
第四項に於て防衛司令官が自主的に認定指示したる国境線は速に軍に報告するものとす。

功は自ら収め、罪は隷下に転嫁するような気風が、どうかすると当時の国軍に稀ではなかった。

第一線はただ、与えられた任務に脇目もふらず突進し、よって生ずる始末は親爺に委《まか》せるというとき、志気が昂揚《こうよう》されない訳はない。「負けてはならぬぞ」との責任感は当然の結果として全関東軍将兵の決意を固めさせた。この命令は画期的な意義を持つものであった。各兵団長を新京に集めて直接植田将軍から下達されると共に、その旨は詳細参謀総長に報告ずみであった。

関東軍司令官、植田謙吉大将

ノモンハン事件は、この命令下達後一カ月の後に偶然生起したものであるが、その処理は文字通りこの命令の線に沿ったものである。

侵さず侵されざる決意が強く盛り上げられたこの命令を、中央部では果たしてどう感じたことだろう。恐らく誰一人として不思議に感じた者はなかったのではなかろうか。

事件が発生し、次々に拡大されて初めて、一月《ひとつき》前の関東軍命令を書類棚の中から持ち出して見直したのだろう。「悪かったら、何故報告した直後に修正しなかったか」というのが、後日関東軍の言い分であった。

秋霜烈日

満州国の内面指導権が関東軍司令官に与えられていることを楯に取り、その隷下の部隊長や、各地の特務機関長あたりが勝手に軍司令官の分身者らしい顔つきで、地方の政治に干与した。

甚だしきは満人官吏の任免も、土建の入札も皆、特務機関長の認可を受けるような状態で、当然の結果として料亭の夜が軍服で賑わっていた。

対ソ戦争の準備に専念すべきはずの関東軍の頭の半分が、柄にもない政治経済の指導に割かれ、また各地の駐屯師団は、治安不良を理由として大部の兵力を分散して配置し、訓練の余裕はほとんどなかった。

「内面指導は協和会に委せ切り、軍司令官は純作戦軍の性格に帰るべきである」と強調した石原将軍は、東條さんに睨まれて舞鶴の要塞司令官に転補となった。その後、辛うじて特務機関の内政干渉を切り離し、また大部の師団を集結させて、訓練本位の態勢に転換できたのは昭和十四年の春であった。

計画的にあるいは不意打ちに各兵団を巡視して、訓練と作戦準備の状態を検閲することは、軍司令官の最も重視された行事である。

東京から移駐して二年経った第一師団が黒河正面の防衛を担任し、河村中将が師団長であった。東京師団だけに狡《ずる》さがあり、司令官を司令官とも思わない気風がある反面に、送迎のサービスはさすがに垢《あか》抜けしていた。

初夏の候、抜き打ち的に師団司令部を急襲し、応急派兵に応ずる戦備を点検した。応急派兵とは、事態の急変に即応するために、下令後六時間以内に、部隊全将兵が出動態勢を整えることであった。師団長以下、ただ表面だけを繕《つくろ》えばよいと考えたらしい。外観の服装は整っていたが、食糧や弾薬の分配などが全くおざなりであった。

この欠陥を看破し、直ちに戦況を示して対敵行動に入り、約十里の急行軍に引き続き、実弾を以て射撃演習を実行させた。

将校も兵も、このように徹底した検閲は初めてだろう。射撃の成績はさっぱり振るわない。講評で曰く、

「第一師団の統率訓練は、外面の粉飾を事として内容充実せず、上下徒《いたずら》に巧言令色に流れて、実戦即応の準備を欠く、その戦力はシナ軍にも劣るものあり」

並み居る師団長以下色を失った。この講評は、参考として全満に配布せられ、部隊の自戒を要請した。

零下二十度の寒さを冒し、林口《りんこう》で独立守備大隊の訓練状況も検閲された。東條さんが軍司令官に代わり峻厳辛辣な視察を行い、行事が終わって大隊の将兵一同宿舎に帰り夕食の一杯を傾けているとき、東條検閲官は突然兵舎に行き、週番士官に状況を与えて、非常警備を令した。たぶんこの抜き打ち的な演習があるものと一部の将兵は山をかけていたらしい。巻脚絆《まききゃはん》を履き、背嚢《はいのう》枕で休んでいた篤志家《とくしか》も少なくなかった……。

夜十時頃であろう。「もう今夜はなさそうだ」と兵たちは脚絆を解いて寝台に潜り込んだ。著者も林口の兵站宿舎で、その日の講評を整理し、晩《おそ》い夕食の箸を持ちかけた。そのとき、林

口の一つ南の駅に近い地点で、匪賊の列車襲撃があるとの急報を受けた。突然の非常警備下令に不意打ち喰らって兵舎は上を下への大騒動であった。

東條さんもこれには驚いた。演習の戦況として示していたことが、そのまま実際に的中し、仮設敵ならぬ、本物の匪賊が、いま検閲官の眼の前に現われて、無防備の旅客列車を襲撃したのである。

箸を置いて立った。軍刀を片手にして、宿舎を飛び出し、林口駅に駆けつけた。検閲の非常警備下令で、型の如く駅の守備に駆けつけた下士官兵の数名があった。

折よく、装甲列車が構内に待機している。もはや検閲どころではない。数百の人命にかかわる重大事件が、あたかも我が軍を愚弄するかのように、隣りの駅で実演されつつある。

数名の下士官兵を臨時に指揮し、待機中の装甲車に乗り込んで匪襲を撃退すべく現場に急行した。一中隊くらい乗り組み得る装甲列車を、僅かに数名で動かしながら駆けつけた。列車には電燈を煌々とつけ、鐘の音も高らかに（当時の満鉄機関車には大きな鐘が頭部に付いて進行と共に鳴る）急速度を以て突進していった。

数百名の匪賊を蹴散らすためには、装甲列車であることをいち早く匪賊に知らせることが望ましい。しかし、兵力の劣勢を隠すために、敵中に列車が飛び込んでも下車を固く禁じ、装甲車内から四方の敵を急射するように部署して進んだ。

間もなく激しい銃声が聞こえる。まさに危機一髪、旅客列車の数百名の生命は風前の燈火にも似たとき、間髪を容れぬ装甲列車の赴援《ふえん》に、餌物《えもの》を断念したものか、銃声は次第に遠ざかった。

やれやれ助けることができた。装甲車の鼻先を普通列車の先頭にぶつけるように停め、素早く客車に飛び込んだ。座席の下に平蜘蛛のように潜り込んでガタガタ慄《ふる》えていた乗客は、まだ半信半疑なのであろう。髯ボウボウの参謀を匪賊とまちがえたのも無理からぬことだ。大きな声で呼びかけた。

「匪賊ではない。私は日本軍の参謀だッ、装甲列車で救いに来たから安心せッ」

顔や手を埃《ほこり》だらけにして匍《は》い出してくる日本の女子供の姿に、満人商人の慄えやまぬ顔に、思わず貰い泣きする。

「もう五分遅れたら、皆殺しされるところでした」「匪賊が窓の下に押し寄せていた」「ありがとうございました。お陰様で生命を拾いました」等々感激の声、言葉と共にススリ泣きの声が聞こえる。

これも東條式検閲のお蔭であった。

普通列車を掩護しながら林口の駅に戻ったとき、独立守備隊の大隊主力は、出動を準備して駅前に集合を終わっていた。虎の子の装甲列車を、検閲補助官の参謀に先に取られて、さだめし悔しかったであろう。

「よくやった」

と喜んでくれた東條さんの顔にも、感謝の涙が光っていた。

直ちに、夜を徹して匪賊を急追する命令が検閲官から大隊長に即席で下達された。

背嚢を担いで集合し終わったら検閲が終わるものと大部の将兵は期待していたらしいが、そのまま三日三晩、演習から実戦に移って急追撃を加え、ついに列車襲撃の匪団を潰滅させた。

検閲の講評に曰く、

「一、非常出動の外形的準備は可なるも、匪襲に際し、間髪を容れず長期連続急追するの用意と決心堅確ならざるものあるは不可なり。

二、装甲列車に搭乗する将兵の戦闘動作に関しては尚未熟なり」

と。

現場監督の率直なる所見には大隊長以下文句を挿《はさ》む余地はなかったであろう。

続々山を下る

　満州事変直後の匪賊の数は、約十万内外と判断されていた。旧張作霖軍閥の残党やら、昔からの馬賊やら、対満政策とくに移民政策の土地買い上げに叛起した農民一揆、さては朝鮮独立党の各勢力が、あるいはソ連の操縦下に、あるいは蔣介石や毛沢東の使嗾《しそう》の下に、険に拠って弱きを襲い、強きを避けた。彼らの最後の根拠地となったのは、三江省と東辺道一帯（安東、通化）と熱河《ねっか》省である。

　三江省の匪賊は、湿地、密林に立て籠もって、謝文東、趙尚志らを長とし、土地収買の悪法と戦い、東辺道には金日成に率いられた共産匪賊が、朝鮮人農民と固く結んで、執拗に頑強に我が施策を妨げ、鉄道を破壊し、移民を襲った。

　熱河省の匪賊は、特有の山地に盤踞《ばんきょ》して、関内からの支援を受け、蔣介石や毛沢東と気脈を通じ、長城線の南北に流動して治安を脅かした。

　これらの匪賊を粛清し、国内の治安を回復することが九・一八事変以来、数年にわたる関東軍の最重要任務であった。

　全満数個の師団は、全力を挙げて討伐に余念がなかった。

理想としては満軍でこの任務に当たらせ、日本軍は対ソ作戦準備と訓練に専心するのにあったが、満軍を信頼し得ないのみならず、むしろその向背を監視する必要さえも感ぜられた。それが軍事顧問や、日本青年軍官の満軍入りで急速に改善向上し、信賞必罰の指導と、率先陣頭に立つ垂範で完全に面目を改めてきた。

昭和十三年頃には、三江省と東辺道に各約一万数千の残匪を見るばかりで、その他の地方は隔世の観を呈するに至った。

満軍は従来、日本軍に従属し、日本軍部隊長の指揮の下に討伐するのが慣わしであったが、この頃、先例を破って、満軍独力で治安維持の全責任を負わせたのは通化省である。日本軍第一線部隊の反対を押し切って断行したこの施策は、満軍の志気と責任観念とを向上し、討伐の成果がめきめき現われてきた。

軍隊を以て直接討伐しても、密林山岳地帯に巣喰う匪賊を捕捉することは望むべくもない。根本的には政治を刷新し、産業を起こし、民生を安定することが先決条件であり、これを背景として、軍事的には治本工作と治標工作とを併進させた。

治本工作というのは、山間に点在する孤立した農家を一地に集め、数十または百数十軒宛で集落にし、土塁を作り、囲壁を設け、自警団を配置し、これらの集落を結ぶべき警備道路と、警備通信網を完備するものである。その集落の匪襲を知ったら、日本軍及び満軍が、整備された通信網と道路網で急速に赴援し、討伐する。

このようにして匪賊の根拠地を段々狭めて包囲線を圧縮すると、散在農家を唯一の糧道と恃《たの》んだ匪賊は、ついに悲鳴を上げ出した。

治標工作というのは、右のような治本工作に併行して、直接武力で徹底的に匪団を急追することである。

地形に慣れた山猿のように素早い匪賊を、未知の地形で急追するのは容易の業ではない。しかし匪も人であるなら我もまた人だ。匪の通る密林を我が通れないことはない。匪の寝る密林に我が寝られない理由は立たぬ。根が尽き精が尽きるまで急追し、挺進し匪首に重賞を懸けて追い回した。

東辺道に拠る金日成の共匪は、この両法でもついに捕捉することができなかった。「金日成を刺し止めた」との幾度かの捷報《しょうほう》で凱歌を挙げたものの、第二、第三の金日成は我を嗤《わら》うかのように名乗りを上げた。幾人かの替玉が準備されていたのだろう。この重囲を十数年にわたって潜り抜き、戦い抜いた首相金日成は、北朝鮮の住民から英雄視されているのである。

ただ、三江省に盤踞した土匪の大部は、宣伝宣撫《せんぶ》工作を併行しながら行った討伐で、帰順する者が日に増して殖《ふ》えた。

帰順匪に対する取り扱いが信義を守り、一般良民同様、寛容にしたために、一犬の声に万犬が呼応するような勢いで続々山を降りた。

反面においてこの帰順工作に蔭の力となったのは、日満一体の協和会の活動であろう。民族協和の理想を身を以て行じようとする若人たちは、匪賊地帯に喜んで身を挺し、生命を懸けて翻意下山を奨《すす》めたのである。

三対一

満州事変当時、我が在満兵力と、ソ連の極東兵力とは一対一であった。少なくとも二、三年間は彼我同等の態勢を保って満州国防衛に揺るぎない軍容を整えていたのであるが、その後彼は五カ年計画の完成に伴う全般軍備の大拡充で、極東兵備も増強した。

昭和十年は攻守所を異にする峠であった。にもかかわらず現地軍はどうかすると従来の対ソ優越感に自ら酔って、刻々変化する現実に眼を蔽い、中央部はシナ事変の処理に伴う厖大な予算を捻り出すに頭痛鉢巻で、関東軍の兵備充実は要求の半ばも実現し得ない状態にあった。

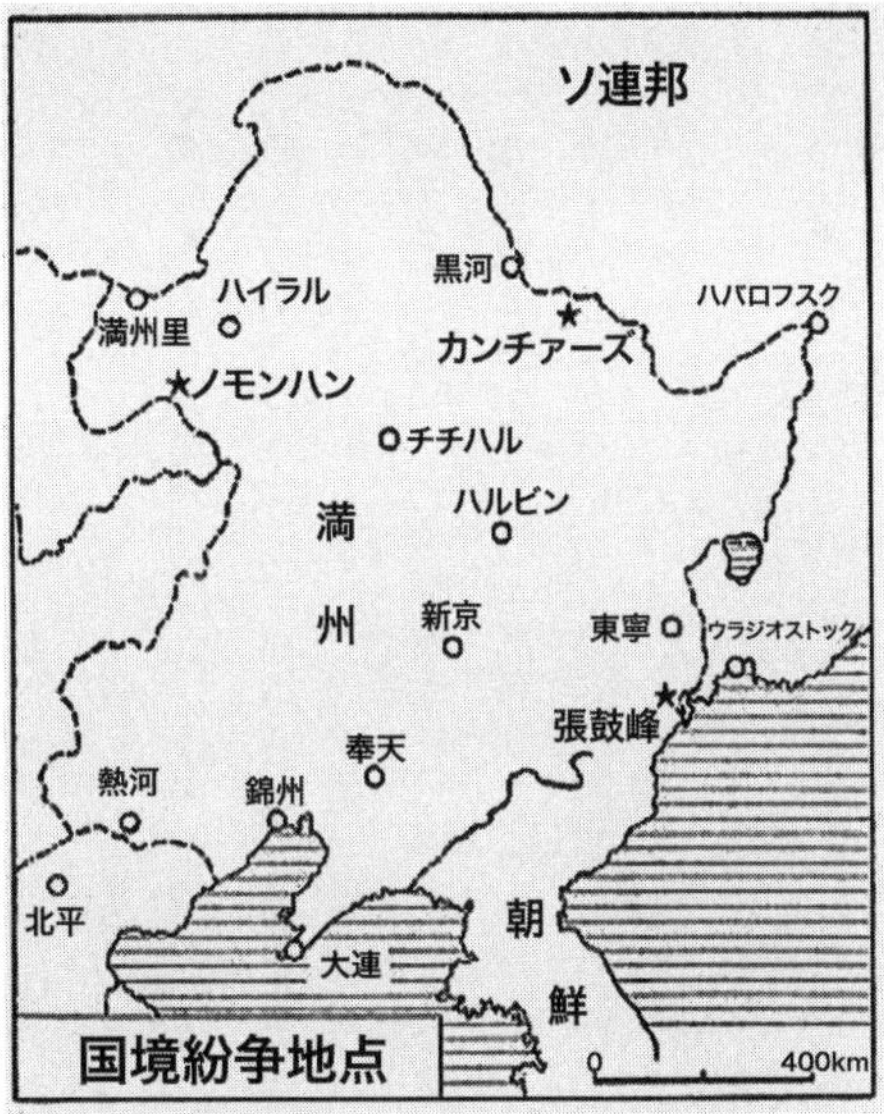

昭和10年より頻発した国境紛争は、独ソ開戦とともに一旦は平静に帰した。それが再燃し始めるのは昭和19年のサイパン失陥からである。五家子、モンゴシリなどでソ連軍による越境事件が発生し、緊張が高まったが、日本軍は武力を行使できないまま昭和20年8月のソ連侵攻を迎えることとなった

昭和十四年春頃、大雑把に観察すると、彼我の戦力比は三対一になるが、戦車は十対一、騎兵は十一対一の開きがあった。

この懸隔を補う手段に頭を悩ました。第一は国境における要塞の構築である。彼我主力の決戦を予想した東部正面では、東寧、綏芬河、密山、虎頭に、ベトン製の堅固な要塞ができあがり、その守備のため、国境守備隊が師団の外に新設されて四六時中敵と睨み合い、北正面では黒河、アイグン、ホルモシンなどにそれぞれ一大隊から一連隊内外の守備隊が配置されていた。

西の正面はハイラルを中心として、歩兵一連隊内外の兵力に応ずる陣地ができあがり、満州里には一部隊がその前哨として配置されていた。

このような彼我の態勢で、万一戦争が起こった場合、関東軍が果たしてどのような考え方で作戦する心算であったかをわかり易く説明すると、次のようになる。

一、三対一の兵力比では勝負にならぬ。であるから開戦当初は在満兵力で国境の重要な地点を占領して、ソ連軍の攻撃を喰い止める。
二、この間に内地、朝鮮、シナ方面から約十師団の兵力を満州に転用し、その大部を東正面に増加して、南部沿海州方面の敵を攻撃し、敵の主力に決戦を求める。全部の兵力を集結するまでには約一カ月かかる。

それまでは在満の約六師団で綏芬河、東寧正面の敵を防がねばならぬ。

国境に準備した数個の要塞はその支柱となるであろう。

内地などから増派された約七師団をこの方面に増加し、総計約十三師団で、綏芬河、東寧方面から攻勢を開始し、ウオロシロフの周辺で敵の主力を捕捉する。

ウラジオストク要塞はその後において攻略する。

この方面の攻勢には約三カ月かかるであろう。
三、東方面で彼我主力の決戦が起こる場合、北正面と西正面では僅かの兵力で優勢な敵を喰い止めるため、陣地を利用して防禦する。
北正面に当てる兵力は約三〜四師団、西正面は一〜二師団の予定である。
四、東方面の作戦が片づいた後、主力を北正面または西正面に転用して、満領内に侵入した敵を捕捉する。
五、この間に第二次動員兵力が逐次に増加され総計約二十三師団となる。
六、航空隊は約五百機で開戦の当初から東部正面の敵空軍基地を急襲し、制空権を確保し、次いで地上の決戦に直接協力する。

七、最後の作戦目標はルフロフ、興安嶺の線である。チタ方面に向かう作戦は当時の状況によって決定する。
八、右作戦終末に達する所要期間を一年半ないし二年と予定する。
九、対ソ戦争間満州国内の治安は独立守備隊と、満軍とを以て当たらせ、主として鉄道と、電力資源重工業中心を掩護する。

右のような作戦構想を取った前提は、極東に用いることのできるソ連軍を、最大限三十師団内外と判断したのである。その根拠を、シベリア鉄道で賄い得る最大限の補給能力に置いたのであった。それは極東の開発がまだ十分でなく、食糧や軍需品をバイカル以東で自給できないため、勢いヨーロッパ方面から送らねばならぬとの基礎に立ったものである。

幾度か司令部の作戦演習が行われた。そのとき仮設敵（ソ連軍）になるものは、ソ連の逃亡参謀フロント少佐や第二課（対ソ情報専門）幕僚で、我が方は関東軍司令官以下各軍司令官、師団長らであり、時には夜を徹して続けることも稀ではなかった。

明らかに兵力関係において、劣勢であり勝味のないような戦況になっても、結局は日本軍の無形的戦力、すなわち精神力と統帥指揮能力の優越を唯一の頼みとして、どうにか敗けずにすむような自画自賛的指導で終わった。

負け戦さの経験のないほど恐ろしいものはない。神憑《かみがか》りや強がりで強いて自己の弱点を蔽おうとする心理に動かされ易いのは、人間の通有性ではなかろうか。

この気風はついに大東亜戦争の大敗まで続いたのであった。

四　ノモンハンは何処ぞ

新設匆々の軍容

東部正面が主力の決戦場であることは、前に述べた通りである。従って国境陣地の設備や、交通補給の施設は、東部正面に最優先的に考えられていた。

東正面に次ぐものは北正面であった。敵が黒竜江を渡って進攻するものと予想して、国境陣地を設け、新しく第四軍司令部を編成されて、この方面の作戦に備えた。

取り残された正面は西正面であった。興安嶺は緩徐《かんじょ》な斜面で西に延び、ハイラル一帯の大草原に連なっている。これに反し東斜面は急峻《きゅうしゅん》である。大興安嶺を東から西に攻めるのは、地形上相当に困難であるが、反対にハイラル方面から東に向かうのは極めて容易である。

ともすればその名に迷わされて、跋渉不可能のように考えがちな興安嶺を、著者が蒙古騎兵約三十人と、白系露人約二十人を率い、馬車数輛と羊数頭からなる縦隊を指揮し、南、北二条の幹線道路の中間地区を突破したのは昭和十三年の晩秋であった。

その昔、成吉思汗《ジンギスカン》が欧州遠征の進路として選んだと称せられるこの古道は、現在でもなお大兵団の通過に大きな支障はない。ただ幾つかの橋梁を架けることだけで、十分であろうと判断した。にもかかわらず、当時の関東軍ではただ伝統的に、この大興安嶺を天然の大障碍と恃んで、チタ方面と外蒙（＊モンゴル）方面から押し寄せるソ連軍を、地形的に十分防禦できるものと考えていた。

ハイラルの国境陣地は、独力で重囲を受けながらも死守し、興安嶺を越えるソ連軍の後方を遮断して、補給を妨げようとの考えで整備された。ただ、至る所優勢な敵の戦車が自由に活動できる平原でこれを防ぐべき地形は全くなく、僅かに軌条砦《きじょうさい》（レールで作った対戦車妨碍柵）で、陣地の要点だけを守る程度であった。

中心地ハイラルの防禦がすでに然《しか》りとせば、その他は推して知るべく、満軍騎兵で外蒙との境を監視させる程度に過ぎなかった。

ハイラル方面の守備には、最初騎兵集団が充《あ》てられていたが、大陸戦線に転用されたので、新しく第二十三師団を編成してこれに代えられた。昭和十三年の七月である。新婚匆々《そうそう》の新世帯でお互いの気心もわからず、鍋釜だけで店開きした師団である。師団長小松原中将は、永年ソ連武官としての経験もあり、ハルビン特務機関長として、対ソ情報の権威であった。

選ばれて、ハイラルに師団長となったのは、このような経歴を重視されたものであろう。

人情豊かな円満な性格の武将であった。これを補佐する大内参謀長は、騎兵出身で、長く陸大の教官を勤めたソ連通であり、よい女房役であった。

人的関係は比較的精選された師団であるが、新編一年を出でずしてこの難局に立たされたので、師団としての団結訓練は不十分であった。よくもこのような新編匆々の師団で、あのような激戦が百日以上にわたってやれたものだとの所感は、著者のみの抱いたものではなかろう。

当時の主要幹部を掲げると、次の通りである。

師団長　中将　小松原道太郎
参謀長　大佐　大内孜
作戦主任　中佐　村田昌夫
情報主任　少佐　鈴木善康
後方主任　大尉　伊藤登
- 歩兵団長　少将　小林恒一
  - 歩六四隊長　大佐　山縣武光
  - 歩七一隊長　大佐　岡本徳三
  - 歩七二隊長　大佐　酒井美喜雄
- 騎二三隊長　中佐　東八百蔵
- 砲二三隊長　大佐　伊勢高秀
- 工二三隊長　中佐　斎藤勇
- 輜二三隊長　中佐　緑川忠治
将兵合計　約一万三千人

次に各部隊の対戦車火砲の数を見ると、

歩兵一連隊　速射砲（三十七ミリ）一中隊――四門
　　　　　　連隊砲（七十五ミリ）一中隊――四門
砲兵連隊　野砲三大隊――三十六門
師団合計　速射砲――十二門
　　　　　連隊砲（山砲）――十二門
　　　　　野砲――三十六門

騎兵連隊は乗馬一中隊と、軽装甲一中隊（十二輛）で外蒙騎兵には対抗できても、対戦車の威力は全くない。工兵連隊は二中隊で爆薬で戦車に肉迫攻撃はできるが、師団全般を通じて対戦車肉迫攻撃資材は、極少数の戦車地雷と火焔瓶（サイダー瓶にガソリンを入れたもの）を携行しただけである。

第二十三師団長の指揮に入っていたもう一つの部隊は、ハイラル周辺の陣地守備を担任している第八国境守備隊であった。

歩兵四大隊、砲兵二大隊、工兵一大隊、合計約七千人であるが、その大部は守備から離れて野戦に使用するに不向きの部隊である。

この正面に配置されていた満軍は、主に蒙古兵部隊で、戦時その指揮権は当然師団長に統一せられることになっていた。

拡大鏡でようやく探す

半年の間堅い氷に鎖《とざ》されていた満州にも、一陽来復の光に恵まれ、緑滴《したた》る公園に憩う人の顔にもなごやかな色が見える。

シナ戦線では、砲煙弾雨に呻吟《しんぎん》する住民がさぞかし多かろうに、ここ満州の地では国境の風雲を他所《よそ》に、老百姓は太平の我が世を謳歌していた。

昭和十四年五月半ばの十三日、昼過ぎの暖かい太陽を背に受けて、作戦室の地図に向かいながらも、ウツラウツラと睡魔に襲われていたとき、電報班長が慌しく軍機電報をもたらした。

関東軍司令官宛

第二十三師団長

一、昨十二日朝来、外蒙軍約七百はノモンハン西方地区に於てハルハ河を渡河、不法越境し来り十三日朝来、満軍の一部と交戦中、尚後方より増援あるものの如し。

二、防衛司令官は師団の一部（捜索隊長の指揮する捜索隊主力及歩兵大隊長の指揮する二中隊基幹）及在ハイラル満軍の全力を以てこの敵を撃滅せんとす。之が為在ハイラル軍用自動車の全部及ハイラル徴発自動車を使用す。

従ってハイラルには今後軍用に使用し得べき自動車皆無となる。

三、爾後の増兵を考慮し、少くも百台の自動車を急派せしめられ度《たし》。尚将来の自動車増派を考慮せられ度。

又防衛司令官の使用に供し得る如く偵察飛行機をハイラルに急派待機せしめられ度。

尚在ハイラル戦闘隊を一時防衛司令官の指揮下に入らしめられ度。

戦場付近に集め得る満軍の兵力は最大限約三百名なり。

ノモンハンに点在する蒙古包

幕僚中誰一人ノモンハンの地名を知っている者はない。眼を皿のようにし、拡大鏡を以て、ハイラル南方外蒙との境界付近で、ようやくノモンハンの地名を探し出した。恐らく蒙古民族の放牧の集落であろう。

ハルハ河畔の砂漠の一隅に、拡大鏡で探し出したこの地点が、世界を震撼させた戦場になろうとは誰が想像し得よう。

国境紛争処理要綱を示してから、まさしく一カ月の後に、あの通りに実行しようとする小松原師団長の決意が報告されたのであった。

五月の陽気に催された睡気は、この電報で吹き飛ばされた。

事件は単に、外蒙騎兵が、馬に水を飲ますためハルハ河を渡って、劣弱な満軍（内蒙騎兵）をからかったのだろうか。それともモスクワの指令を受けた偵察戦かは、わからない。

ともあれ第二十三師団長の積極迅速な処置によって、間もなく鎧袖一触《がいしゅういっしょく》されるであろう。だが待てよ——昭和十年の夏、ハルハ廟付近で同じような衝突が惹起されたことがある。あのときは、外蒙側は戦車さえ持ち出して日本軍の騎兵を散々悩ましたことがあったはずだ。「余りに楽観してはならぬ」という警戒的な態度の幕僚もいた。しかし、このような砂漠の中で何ら戦略的意義を持たぬ草原の一小集落に何の意味があるだろう。補給の点から考えてみても、お互いに鉄道端末から数百キロメートルも遠隔した土地であり、大兵を動かすことは並大抵ではない。「まあ、ハルハ廟事件当時のような規模で終わるのだろう」との空気が支配的であった。いずれにせよ第二十三師団長に対しては、所望してきた兵力と資材を至急送らねばならぬ。その日の夕方、次のような兵力を増加する命令が発せられた。

飛行第十戦隊（一中隊欠）——軽爆一中隊
飛行第二十四戦隊——戦闘二中隊
第四十八、第五十一飛行場大隊
自動車二中隊

必要にして十分の兵力であろう。

「ついでに兵要地誌を勉強しておこう。いつどんな関係で拡大するかも知れない」と、分厚い書類から戦いの地となるべきホロンバイル平原、とくに外蒙との国境地帯の特性を覗くことにした。

①ノモンハン方面国境紛争の歴史的観察

ノモンハン付近は、清朝時代ハルハ蒙古族（内蒙）と、ハルコ蒙古族（外蒙）の遊牧の界《さかい》である。

一七三四年、清朝が両蒙古族のため境界を設定したが、その後両族の紛争が絶えることなく、種族の盛衰に応じて争奪を繰り返し、強ければ進み、弱ければ退く状態で二百年の永い間明確な境界はなかった。

満州国が成立すると共に、この境界は外蒙古との国際的性格を帯び、しかも満蒙は当然背後の日ソの力を反映し、実力の差異が現地の紛争に影響を持つに至った。

昭和十年頃までは、在満日本軍の実力が極東ソ連を凌駕していたため、この方面の紛争は惹起せず、満州国の一方的主張によってハルハ河の自然地障を境界として、外蒙及びソ連からは何の抗議も来なかった。

昭和十年は日ソ実力の伯仲する峠であり、この機に生じたのはハルハ廟事件で、満蒙間に初めて局部的武力衝突を見るに至った。

満蒙両国は外交的に国境を画定しようと折衝したが、決定を見ないまま昭和十一年、ソ蒙相互援助条約の締結を見るに至った。

爾来外蒙は背後の力を恃んでますます強腰となり二百年来紛争の歴史を繰り返するに至り、

ハルハ河が大きくクローズアップされたのである。

ハルハ河を以て国境であると主張する満州側の根拠は、ホロンバイル蒙古族の二百年来の主張をそのまま支持したもので、外蒙、ソ連共に何らこの主張に異議または抗議をしなかった。突然ハルハ廟事件で実力を以て侵犯を開始したのである。

物資もなく、ただ羊の飼場に過ぎない草原の争奪に、全軍の運命を懸けたノモンハン事件は単に、草原局部の争奪ではなく、二百年来の繫争《けいそう》に終止符を打とうとするものである。戦いの地は、このような宿命を帯びた土地であり、二百年来紛争の因果の地であった。

②戦場付近の地形の概観

大波状地の砂漠で、河の両岸低地だけが草原になり、至る所に大小の砂丘が起伏し、それには高さ一メートル内外の小松や灌木が点々と生えているが、大部隊を隠し得る地形ではない。

戦場はほとんど何処でも自動車が動けるが、砂の深い部分や砂丘地帯は妨碍を受ける。

特別に注意を払うことはハルハ河両岸の比高である。すなわち、外蒙側の岸は満州側の岸よりもやや高いから、外蒙側の砲兵は有利に威力を発揮し得る。満州側では、この地形上の不利を免れるためには、我は将軍廟付近から北に退がらねばならない。この自然的な条件が我が作戦を不利にした最大の原因である。

すなわちハルハ河を越えて満州側に進出した敵は外蒙側のソ連砲兵でよく掩護せられるのに反し、攻撃する我が軍は、敵砲火に暴露して損害を受けるのみならず、友軍砲兵の十分な協力を期待し得ないからである。ハルハ河の支流ホルステン河谷は激戦の中心となった地であるが、その両岸の状態もハルハ河と大同小異で、両岸からの比高はやや小さい(十メートル以下)。

ハルハ河の水量は豊富で河幅は約五十メートル、水深は二メートル以下で、極めて稀に徒渉場が発見できる。流速は一メートル内外、河底は砂で両岸は一帯に草原をなしているが、部隊を遮蔽《しゃへい》できるような木蔭はない。ホルステン河は河幅十メートル以下で、水量も水深もほとんど障碍にはならぬ。

両河川はこの戦場における貴重な水源であり、飲料水はこの河川以外には求められない。戦場には所々に湖沼《こしょう》があるがほとんど全部塩湖で人馬の飲用には適しない。

ただし、地点を標定するには好目標である。

③交通状況

ハイラル～将軍廟道と、ハイラル～カンヂュル廟、及びカンヂュル廟～将軍廟道は、戦場における三大自動車道である。

砂漠か草原に自然にできた道路であるが、降雨でも水はけはよく、ただ、所々砂丘地帯を越えるとき自動車の行進をやや妨碍する。

次に王爺廟《おうやびよう》〜温泉（ハロンアルシャン）〜ハンダガヤ〜将軍廟道は、鉄道（温泉まで）及び国道を通じ、満州国の中枢部より、戦場に到る重要な戦略路をなしている。温泉〜ハンダガヤ間は降雨の際は泥濘《でいねい》と湿地のため、自動車の行動を妨げられるが、僅かの工事で補修することができる。

外蒙側の資料はないが、大体において満州側と大差なく、自動車部隊、とくに戦車の行動は極めて容易である。

④土質

砂質で掘開は容易であるが崩れ易いために、厚板かトタンで押さえねば砲弾の振動でたちまち崩れる。

⑤気象

典型的な内陸気象である。

事件発生当時（五月中旬）は昼間は相当に暑さを感ずるが、夜は冬服でなお冷気を感ずる。六、七、八月は昼間は堪え難い暑さであるが、夜は安眠を妨げるほどの冷気を覚える（夏季昼間の最高気温は三十二、三度を超えるが、夜間は十七、八度まで低くなる）。

九月中旬以降は急速に寒冷を覚え、十月中旬にはすでに零下十数度に、十二月、一月の酷寒季には零下四十度を下ることも珍しくない。

夜明け、日暮れ前後の薄明は長く、約一時間以上にも及ぶ。

虻《あぶ》、蚊甚だしく、夏の夜間は頭や手に、防蚊《ぼうぶん》装置が必要である。

降雨量は非常に少なく、作戦を拘束することはないが、夏季払暁時にはときどき濃霧を生ずることがある。

⑥住宅地

カンヂュル廟は蒙古民族の一中心地で、ラマ廟を中心とする相当の集落を形成している。住民は三千人内外であろうが、定期の市には遠近より蝟集《いしゅう》し畜産品、雑貨などの交易が盛んである。殊にラマ祭には雑沓《ざっとう》を極める。

将軍廟は僅か数十戸の蒙古包《ぱお》があるだけで、その他の図上の小集落は、数個の蒙古包があるのみである。

包は宿営や戦闘にはほとんど価値はなく、ただ砂漠の中の好目標として利用されるだけである。

以上のような予備知識を超速成的に会得したが、直接この眼でさらに確かめるべく、ハイラルに飛んだ。

弾痕を証拠に

久しぶりに見るハイラルの街は活気を呈している。それは、自動車徴発によって戦争気構えを煽《あお》られた興奮であろう。

師団司令部に着いて、軍命令を伝達した。東支隊（騎兵主体）は、昨夜すでに南進を開始した由《よし》。

地上から追及する前に、まず飛行機で現場を偵察しよう。飛行隊に交渉し、司令部偵察機に便乗をお願いした。たまたま師団長からの要求で、いまから偵察に出るところだとのことで快く承諾された。ちょうど一年前の今日は秋山少尉に操縦されて、初めてこの敵地上空飛行を決行した思い出が深い。

ハイラルに集結した陸軍飛行隊

飛行機もまた同型である。曹長に操縦されて、ハイラルを後にまずカンヂュル廟に、次いでハルハ河を辿りながら目指すノモンハンを探した。

砂丘の間に点在する小松の蔭に、何物が潜むかさっぱりわからない。馬一頭でも求めようと低空で数回上空を往復したとき、ホルステン河とハルハ河との合流点に近い草原に、軍馬らしい約二十頭の姿を捉えた。それを端緒として、せめて一人の蒙古兵でも見つけたく、超低空で数回旋回したが、ついに何物をも掴み得なかった。三百や五百の兵を隠す小松の蔭は至る所にある。軍馬を発見しただけで、どうにか証拠を見出したように自ら慰めて、ハイラルに引き揚げた。

飛行場に着陸して機体を点検すると、油槽に弾を受けている。小銃の弾痕であった。道理で帰り着いたときは、油がほとんど尽きていた。危ないところだ、もう少しで人間が受ける弾痕であり、もし機関にでも受けたらいま頃はノモンハンの砂漠に残骸を曝していることだろう。

師団長と幕僚に、直接この眼で確認した敵情を知らせてやろうと思ったのに、

「敵は見えませんでした。ただ馬が約二十頭ばかり、合流点に草を食っています。飛行機に一発孔《あな》があきましたから、たぶん敵兵が越境しているのでしょう」

と、ありのままを申し上げた。子供騙しのような幼稚な報告に、自《おの》ずから冷汗をかく思いがする。

戦場でも、演習でも、偵察将校や参謀の敵情報告をたびたび耳にしたが、どれもこれもまるで敵から内幕を見せてもらったかと思われるほど詳細的確なものが多い中に、自分は拙《つたな》いのか、卑怯なのか、十数回低空で旋回したが、ついにこれだけしか自信を持って報告し得なかった。

弾痕だけが最も正直に、敵兵の所在を説明してくれる。出発前に速成的に研究した兵要地誌の幾つかが、この偵察で確認された。砂丘の程度、河の実況、道路の状態等々、印画紙に収めるように頭に刻みつけて帰った。

不思議にも肝心要《かなめ》のノモンハン村落は、どこにも見当たらない。幾つかの古びた蒙古包が三々五々点在しているが、そのいずれか一つがノモンハンなのであろう。

世界を驚かしたノモンハンの正体は、数個の破れかかった蒙古包の一小村であろうとは――。

新京に、その日のうちに帰った。

幼稚な偵察成果を、そのまま植田将軍以下に報告し、大事件ではあるまいと付け加えた。

外蒙騎兵の悪戯に過ぎないこの火遊びが、意外にも屋根に燃え移り、強風に煽られて、ついに全満に火花を散らす劫火《ごうか》となったのである。

これが戦争の持つ一つの性格であろう。

第二十三師団長の報告の要旨と、関東軍の採った処置（飛行隊増強）を直ちに参謀総長に報告した。総長より折り返し、「軍の適切なる処置に期待す」との返電があった。この空気が最後まで持続されたなら、ノモンハンの終幕は全く別個の形をとったであろうに――。

五　一勝一敗

東支隊の初陣

東中佐は第二十三師団の騎兵連隊長で、多くの部隊長の中でも傑出した人物であった。積極果敢、如何にも騎兵的性格のはっきりした武人で、部下からの信望も深かった。外蒙騎兵数百名の越境を駆逐するには勿体《もったい》ないくらいである。

十三日夜、連隊主力（軽装甲一中隊と乗馬一中隊）を率いて勇躍ノモンハンに馳せつけたとき、その勢いに脅えたか十四日の夜、外蒙騎兵は大部の兵力をハルハ河左岸（＊モンゴル領）に退げ、残った一部も十五日正午頃、退却の兆《きざ》しを認めた。

東中佐はこの機を看破して、攻撃前進に移り、敵をハルハ河左岸に撃退した。

ハイラルに腕を撫でて機を待っていた飛行隊が、この獲物を見逃すはずはない。直ちに出動して、軽爆一中隊で退却する外蒙騎兵をハルハ河渡河に乗じ爆撃し、三、四十名を粉砕したらしい。この戦場に飛行機が出動したのは、これが初めてであった。

小松原師団長は、東支隊出動の目的を達したものと認め、満軍一団（一連隊）でノモンハン集落付近を守備して敵を監視させ、十六日の夜、東支隊をハイラルに引き揚げさせた。

これで、ノモンハン事件は、終わったものと思い込んでいた。「手際よく片づけた。思い知ったであろう」と、軍司令官も幕僚も一安心していたところ、その翌日、小松原師団長から、「東支隊の撤退に追尾する如く敵兵は再びハルハ河を越えて右岸に進出せり」との報告に接した。

ダニのように執拗に、ハエのように五月蠅いことだ。「何とかして、根本的に膺《こ》らさにゃなるまい」と考えている矢先、師団長から、山縣支隊（山縣歩兵連隊長の指揮する歩兵一大隊、連隊砲一中隊及び騎兵連隊の主力）をカンヂュル廟付近に急派させたとの報告が来た。

「待てよ、こんな方法を蒸し返したら際限がない。何とか新しいやり方を考えねばならぬ」

との意見に各幕僚とも一致した。軍司令官も参謀長も全く同感である。次のような電報が師団長に発せられた。

一、敵が一歩国境を越えたとて、不用意に出撃するは急襲成功の道ではない。殊にノモンハンのように同一地点に屡々《しばしば》越境する敵に対しては、ピストン式では反《かえ》って敵に致され易い。

二、ハルハ河右岸に外蒙騎兵の一部が進出滞留するようなことは、大局的に見て大なる問題ではない。暫く静観し、機を見て一挙に急襲しては如何。

いやしくも師団長に対し、このような幼稚な指導をすることが適当ではないのは明瞭である。

しかし、この師団は新編匆々の新世帯で、上下左右の団結と、訓練とが在満師団中最下位にあった。人を見て法を説くことが実際の統帥であり、師団長の善良な人柄は、軍のこのような電報に対しても何ら悪意を抱かれなかったのである。

たまたま小松原師団の参謀長大内大佐は、参謀長会同に出席のため、新京に来ていた。師団長からの電報に対する軍司令官の意見を、率直に大内大佐に伝えたところ、

「私がハイラルを出発するとき、作戦主任参謀に注意してきましたのも、関東軍のお考えと全く同一のものでした。私の出発後に、この方針を変えて、山縣支隊を出すように決心されたらしいです。私からも重ねて軍の意図を電報しましょう」

と、素直に打電した。その電報は次のような意味であった。

大内参謀長

小松原師団長宛

事件処理について、軍司令部と打ち合わせた所を具申す。

一、事件処理に関する軍の意図を具体的に述べると、ノモンハン付近の外蒙軍に対しては当分満軍をして之を監視しつつ寧《むし》ろ満領内に誘致し、日本軍はハイラルに在って悠々情勢を観察

し、外蒙騎兵主力が越境した事を確認した後、急に出動して、国境内に捕捉殲滅するにある。そのためには稍々《やや》長時間国境を敵に委したる観を呈しても大局上に於ては差支えない。
二、若《も》し山縣部隊が既に出発した後ならば、成るべく速く目的を達してハイラルに帰還させるのを適当と考えられる。
三、空中戦については、我が飛行隊の勇猛果敢な行動に敬意を表するも、在ハイラル飛行隊将兵の心理状態を洞察すると、状況によっては大局上、飛行隊の行動に、某程度の掣肘《せいちゅう》を加える必要があるものと考えられる。
以上は閣下の御決心に反するが如き意見具申で恐縮なるも、軍司令部に於て、十分打合せたる結果につき、不悪《あしからず》。

この電報は、当時の関東軍の本事件処理に関する思想を最も端的に表現したものである。敵と見て前掻《まえが》きする第一線兵団長の心理と、冷静に大局的にこれを控制しようとする思想とを比較するとき、皮肉にもその関東軍がハルハ河畔で飽くまで戦いを主張し、参謀本部はこれを控制しようとしてついに意見の対立、抗争となり、不首尾の結果を見るに至ったのである。
新京で全満を見ながらノモンハンの局地を処理する立場と、東京で世界を見ながら満州の局面を処理する立場とを心を虚しうして、冷静に考えると、ノモンハンの処理をしてさらに賢明に、より巧みに収拾し得たであろう。

しかし、統帥は数学ではない。血を流し、骨を曝す戦場においては理性よりも感情に支配される真理を弁《わきま》え、第一線兵団の感情を尖鋭化させず、上級司令部の処理、指導に喜んで従わせるような人間味ある統帥でなければならぬ。

東支隊の初陣は、泰山鳴動して鼠一匹をも捕えることができないで、ただ、飛行隊（＊谷島中尉、篠原少尉ら）の戦果だけに終わった。このことが師団長をして焦燥の感を抱かせたのではなかろうか。山縣支隊を急激に出動させた裏面には、こうした微妙な空気があったことを見逃してはならぬ。功を競う飛行隊将兵の戦場心理も、また大局的に控制しなければ、不測の拡大を見る危険が大である。

ノモンハン航空戦の雄
谷島喜彦中尉（戦死後大尉）

敵機の越境偵察はいよいよ激しくなった。明らかにソ連空軍である。

外蒙領タムスクには有力なソ連空軍が展開したとの情報に接して、この局地的事件がソ連の意志によって拡大される最悪の場合を考え、次のように飛行隊の兵力を増強した。

第十二飛行団司令部
飛行第十一戦隊（戦闘二中隊）
第二十二飛行場大隊の主力
第二航空情報隊の一部

先に増加した飛行隊と合わせると、この頃ハイラル周辺に集まった飛行機の合計は、軽爆撃機九機、戦闘機四十八機、偵察機九機である。

優れた格闘性能でソ連機を圧倒した九七式戦闘機

山縣支隊の戦い

山縣武光大佐は、歩兵第六十四連隊長であった。再度越境の敵を撃滅しようと勇んでハイラルを出た。その指揮した兵力は、

歩兵第六十四連隊本部
歩兵一大隊
連隊砲中隊（山砲四門）
東騎兵連隊（乗馬一中隊、軽装甲一中隊）
連絡のため、村田、伊藤参謀随行す。

自動車輸送によってまずカンヂュル廟に兵力を集結し、一部をノモンハンに出して同地守備の満軍と連絡させ、かつ敵状を捜索した。

その結果によると、敵はハルハ河、ホルステン河合流点付近に新たに架橋し、ノモンハン西方約千メートルの砂丘に陣地を占領しているのを知った。

山縣支隊長もまた、鎧袖一触敵を駆逐できるものと考えたのであろう。東騎兵連隊をして、橋梁方面より突進して敵の退路を遮断させ、歩兵大隊を以て、ノモンハン方面から敵陣地を攻撃させて連隊砲をそれに協力するように部署した。

満軍騎兵は、ホルステン河南岸から敵の退路を遮断するようにした。

五月二十七日の夕刻、カンヂュル廟を発した部隊は、自動車のライトも消して、敵に企図を秘匿しつつ、ノモンハン方面に転進した。

二十八日の朝、各部隊の手綱を放して三方面から攻撃させた。橋梁に向かって包囲鐶を緊《し》める心算であったが、連絡は一向に取れないまま山縣大佐は、歩兵だけを指揮して、ノモンハン正面から敵陣地を攻撃し、二十八日正午頃、第一線陣地を奪い、橋梁方面に進出を図ったが、ハルハ河左岸の敵砲兵に阻止されて、戦況は一向に進まない。

東支隊長は、第一次の経験で敵を軽視したためか歩兵と分離して、二十八日昼間、深く橋梁方面に突進し、敵主力の退路に迫ったまま消息を絶った。

二十八日の戦況を視察するため、再びハイラルに出張したのは二十七日の夕刻であった。

師団長も今度こそ獲物があろうと、心待ちに待っている。

ハイラルの官舎で夫（＊師団長）を送る妻の顔にも、父を見送る子供たちの顔にも、何らの不安もなさそうであった。それほどまでに軽視し切っていた。二十八日早朝ハイラルを出発し、自動車を飛ばせて前線に急いだ。ノモンハン付近に着いたのは午後五時頃である。

ホルステン河の凹地《くぼち》に、一個の屋型《やがた》天幕が設けられてあった。中に入ると共に、血なまぐさい臭いがする。四、五人の重、軽傷者であった。

「東支隊主力は今日正午頃、橋梁の近くで敵の重囲を受け、戦車に蹂躙されて東中佐以下全滅した」との話である。

「全滅とは何事か、君たち四人が生き残っているじゃないか」

と叱り飛ばして、意気の阻喪を防ごうと思った。傷ついた将校は主計であり、兵三人と共に囲みを破って、ノモンハン集落まで退却してきたのである。

一刻も早く山縣支隊長に会い、東支隊の危急を救わねばならぬ。しかし、その位置はさっぱりわからなかった。

たまたま後方に弾薬を取りに来た山縣部隊のトラック一輛を押さえた。素早くそれに便乗して、第一線に急ぐ途中、ここかしこに戦いの跡が残り、また焼けた敵の戦車二輛から黒煙が上がっている。

突然左前方の砂丘の間にうごめく一点が現われた。何者だろう。敵か味方かと運転手と共に眼を皿にしていると、

「敵だ、戦車だ！」

叫ぶ声に応じて、運転手は反対方向にハンドルを切り、砂丘の蔭に逃げ込んだ。車を小松の蔭に匿《かく》し、下車して地上に身を伏せて見ると、まさしく砲戦車である。砂地のためスピードは出ないらしい。灰白色に塗り潰された巨体が、不恰好なほど釣り合いのとれぬ長い砲身を、こ

ちらに向けながらノソリノソリと近づいてくる。見つけられたら最後だ。手に汗を握りながら待っているとき、天祐か、方向を変えてノモンハンの集落の方に進んだ。ホーッと胸を撫で下ろしながら、またトラックに乗って急いだ。

赤い太陽が一望千里の地平線に沈もうとしているとき、砂丘の蔭の山縣支隊本部に着いた。

砂地に浅い壕が掘ってある。連隊長も、旗手も、両参謀も手持無沙汰の体で、第一線からの報告を待っているのだろう。本部のすぐ直前には、両脚を大きく開いた外蒙兵の屍体が二、三横たわっている。どれもこれも、大きな図体ばかり。焼けた軽装甲車の内には、運転手らしい者の黒焦げ屍体が見える。

「どうして飛び出さなかったのだろうか」と、恐いもの見たさに覗いてみると、屍体の両足首に太い鉄鎖《てつさ》を巻きつけて車体に縛られている。なるほど、これなら逃げ出す余裕はない。

外蒙兵が、ソ連戦車に鉄鎖で縛りつけられながら民族解放のかけ声の下に、こうして日本との戦争に駆り立てられているのである。この縮図を見たとき、横たわっている外蒙兵の屍体に言い知れぬ憐憫《れんびん》の情を抑え得なかった。

連隊長に東部隊の戦況を聞いたが何もわかっていない。斥候を出して本夜連絡させようとの返事である。「私が途中出会った数名の将兵から聞いたところによると、今日正午前後、橋梁付近に突進してひどくやられたらしいのですが、斥候だけで果たして連絡できるでしょうか」

と示唆を与えながら、傍にいた二人の参謀を連隊長から離れたところに呼び出し、何とかして本夜中に山縣支隊の主力で、東支隊を救出するようにと促した。村田、伊藤参謀と、連隊長でしばらく相談した結果、連隊本部と、軍旗と、砲を、現在の位置に残し、歩兵の全力（一大隊）を山縣大佐が直接指揮して、橋梁方向に夜襲することに定まった。

砂丘の間を縫いながら進む足は遅々として捗《はかど》らない。ハルハ河の左岸とおぼしき方向に、敵の懐中電燈らしきものがしきりに明滅している。

銃砲声は夜に入ると共に静かになった。一つの砂丘を迂回している間に、いつしか部隊の方向を失いそうである。僅かに星座を基準として西方に進んだが、ハルハ河を間近に見る地点まで出てきたのに、どうした訳か東支隊の姿は皆目見当がつかなかった。一発の銃声もしないところを見ると、もはや戦いは終わっているらしい。それにしても一人の屍体だけでも見つけたいものだ。

午前三時頃になった。もう東の空が明るみかかる時刻である。夜が明けたらハルハ河の左岸の敵砲兵からひどい目に遭いそうだ。

断念して、帰りかけた。と、そのとき鼻を衝く腐臭があった。連隊長も、参謀も戦場経験はない。この特別の臭いに気がつくはずもなかった。

「あッ、この辺にちがいない、臭いがするッ」

手分けして辺りを探すうちに、偶然軍馬の屍体を見つけた。砂丘の凹みに、四肢を空中に向かって硬直させている屍体である。蒙古馬ではない。確かに日本の大きな軍馬である。それを手がかりに探すと、間もなく、「見つかったッ」という叫びが起こる。懐中電燈で照らすと、おびただしい敵戦車の轍痕《てっこん》があり、小松の蔭に、砂丘の上に点在蹂躙された屍体が、何者かを取り囲むように円陣型に横たわっている。

全員玉砕だ。東支隊長の黒焦げになった屍体を取り巻くようにして枕を並べている。半数以上が焼かれている。火焔放射の戦車か。それとも死傷者にガソリンをかけて焼いたのだろう。

生まれて初めて戦場に出た山縣支隊の将兵は、この惨虐眼も当てられない屍体に手を触れることさえ恐ろしいらしい。屍体を数えてみると、二百に近い数だ。

山縣連隊長以下約七百名である。出しゃばるように思ったが躊躇することは許されない。

「三人で一人の屍《しかばね》を担げ、手ぶらの者は帰ってはならぬ。一つの屍体を残しても皇軍の恥だぞ」

と、大きな声で叫んだ。最初は如何にも気味悪そうな様子であったが、三人に一人ずつ割り当てられると、どうしても担がぬ訳にはいかない。

約一時間の捜索で、一名も残さないように収容した。あるいは頭と脚とを担ぎ、あるいは脚をロープで縛って引き摺りながら、長蛇の列をなして、帰路を急いだ。途中、一台のトラックが焼かれている。その上に飛び乗ってみると、約二十名の屍が半ば白骨化し、半ば黒焦げのままである。

恐らく負傷者を後送の途中敵にやられ、ガソリンをかけて、生きながら焼かれた屍体であろう。長い戦場体験でもこのような残虐な場面は初めてである。

ノモンハンに投入されたソ連製 BT-7 快速戦車

悲憤の涙を拭いも敢えず、骨をかき集めて天幕に包み、それを担いで最後尾を帰路についた。
出発位置に帰り着いたのは朝の五時であり、真っ赤な太陽が砂漠の地平線を覗いた。二百数柱の戦友の屍を集め、合掌黙祷しているとき数発の敵砲弾がその付近に炸裂した。
敵の砲弾を御供にした野辺《のべ》の送りである。東支隊長は勇猛の性格を発揮して、傍目《わきめ》もふらず深く敵の退路に突入したために、孤立して重囲に陥り、隊長を中心に全員玉砕したものであろう。地上に残された轍痕だけを見ても少なくも三、四十輌の敵の戦車が縦横無尽に暴れ回ったらしい。

せめて一台でも残っていたら肉迫攻撃で、東中佐以下の弔い合戦をやったであろうに――。

二日間の戦闘で敵に与えた損害は、人員約百名死傷、軽装甲車五輌炎上、軽戦車約十輌破壊炎上。

我が受けた損害は、東中佐以下約二百名戦死、軽装甲車約十輌損失。

一勝一敗であった。

引き揚げ

山縣支隊は二十九日朝、ようやく東支隊の戦場を整理し、原位置に待機していたが、ハルハ河左岸より撃ち出す敵の砲兵は、日に増して猛威をふるい始めた。

前面の敵は、戦線を整理し、さらに兵力を増してハルハ河右岸に橋頭堡《きょうとうほ》を確保している。我が砲兵は、僅かに連隊砲（山砲）四門だけで、到底太刀打ちできるものではない。

師団長は、さらに山砲二中隊と、速射砲一中隊を増加し、三十一日払暁からハルハ河左岸の敵砲兵に対し、火蓋を切った。しかし、地形的に見て、利は敵にある。ハルハ河左岸の外蒙領は、右岸の満領を見下ろすことができる。根本的にはこの自然条件を考えねばならぬ。焦れば焦るほど敵に好餌《こうじ》を与えることになる。

師団長は、以上のようなことを考え合わせ、山縣支隊を一時カンヂュル廟付近に引き揚げることに決し、三十一日の夜、戦場を離脱して転進についた。

僅かに数日の緒戦であったが、それを通じて見られることは、第二十三師団の左右の団結が薄弱であることと、対戦車戦闘の未熟な点であろう。

山縣連隊長が東支隊を見殺しにし、隊長以下全員玉砕させたという一事は、師団長として堪え難い苦痛であっただろう。

僅かに生き残った東支隊の負傷者が、口を揃えて山縣連隊を呪った。新設師団の最大弱点は上下の団結と、左右の友情が足りないことである。

外蒙騎兵がこんなに多くの戦車を持っていようとは、誰しも考え及ばなかった。もちろんその操縦者の過半はソ連兵ではあるが、脚を鎖で戦車内に縛りつけられている外蒙操縦士も少なくはなかった。

戦場に遺棄された外蒙兵の屍体には、食糧もなく、煙草もないが、手榴弾と小銃弾はふんだんに持たされていた。

異民族を駆り立てて巧みに第一線の犠牲を分担させるソ連の戦略は、ここばかりではない。

東京と新京

参謀本部では、事態の推移に重大な関心を抱いている。シナ大陸の涯なき泥沼に、百万軍を投じているとき、北辺の戦火を最小限に消し止めようとするのは当然であろう。

この気持ちは新京でも全く同一であった。ただ、戦場感覚の有無のみが、手段方法についての見解を異にしたのである。

事件発生以来、細大洩らさず参謀本部に戦況と、爾後の企図を報告したのはその現われである。

この態度は参謀本部でもわからぬはずはない。軍の不拡大方針に信頼して好意を以て支援する態度を取ったのは、第一次ノモンハン事件を通じての中央部の空気であった。

五月三十日、飛行第一戦隊（戦闘隊）を関東軍に増加したのも、軍の要求ではなかった。さらに同日付けを以て、次のような電報を寄越《よこ》した。

参電五四七
ノモンハンに於ける貴軍の赫々《かくかく》たる戦果を慶祝す。
外蒙軍及ソ軍が今後更に同方面に兵力を増加して侵入を企図する場合に於て、貴軍の企図特に使用兵力並に之が遂行上、満州増派を要する兵力資材あらば通報ありたし。

次長宛　　　　軍参謀長

と——。

第一次ノモンハン事件は一勝一敗であった。東支隊の主力を玉砕させた不手際を、かえって赫々たる戦果として慶祝されたとき、穴があれば入りたいような気持ちがする。

「何とかして手際よく、拡大せずに局地的に解決して、シナ事変処理の力を満州に牽制されないようにしたいものだ」と、軍司令官以下、真剣に頭を悩ました。

右の懇電《こんでん》に対し、次のような返電を打ったことは、端的に関東軍の空気を表明したものである。

参電五四七号返
次長宛　　　　軍参謀長

一、軍は長期に亘り敵と対峙するが如き情況に陥るを避け、主として航空部隊と地上部隊の機動とにより越境し来る敵に間歇《かんけつ》的に大打撃を与えることを企図しあり。

二、敵全般の状況並にノモンハン附近の地理より判断して、敵もこの方面に更に甚しく大なる地上兵力を使用するものとは判断しあらず。而して仮りにその兵力を増加する場合に於ても、第二十三師団、軍の現に有する航空兵力並に軍直轄部隊の一切を以て、第一項軍の企図を達成し得るものと確信しあり。

三、前電にて報告せる如く、本事件が全面戦争に拡大する等のことは、万々無きものと信ずるも、彼我全般的緊張は、他の方面に於ても小事件を惹起することなきを保し難し。

此の際当軍作戦準備上の最大欠陥たる渡河材料を速に交付せらるよう希望す。

又航空作戦準備のため、至急航空移動修理班六個を派遣せられたし。

全満の我が兵力が極東ソ軍の三分の一であるのに、しかも彼よりしかけられた越境侵犯が執拗に、大規模になろうとするとき、一兵でも多くを望むことは山々であるが、大関東軍が僅かに渡河材料と、航空移動修理班六個を中央部に申請したことを以て見ても、「全般に迷惑をかけないように」との気持ちが、当時の関東軍首脳部、幕僚の頭を支配していたかを知ることができるであろう。当時関東軍で持っていた渡河材料は、僅かに河幅五十メートルのハルハ河に一本の橋を架け得るだけのものに過ぎなかったのである。

このように、中央部と出先が、ピッタリ呼吸を合わせて出発したのに、後日激しい対立、抗争を惹起したのは何故であろう。

それは頁を追って読者に判断してもらう以外にない。

六　拡大の責は何人ぞ

弱気につけ込む

「もう片づいた。いや、もう片づけよう」との空気が、関東軍上下の一致した考えであった。愚にもつかぬ砂漠の一隅で、これ以上血を流すべきではない。むしろ主力の対峙する東部正面と、危機を孕む北部正面との作戦準備を強化しなければならぬ。

ノモンハンの僻地《へきち》で事を起こしたのは、シナ戦線の作戦を牽制するソ連の謀略である。彼にして真に本格的侵略を考えているとせば、ノモンハンに我が兵力をできるだけ吸収した後に、東または北正面から攻勢を取るであろう。

北正面では、第四軍司令部が編成されたばかりであり、その方向を与えるために六月中旬、植田軍司令官に矢野参謀副長、寺田、服部、村沢、辻の各参謀が随行して、孫呉《そんご》に出張した。

第四軍司令官中島中将の情況報告が終わり、軍司令官統裁の兵棋演習を検閲した後、植田将軍は一部の随員と共に北安《ほくあん》に、幕僚主力は黒河方面の国境守備隊を視察して、十八日、新京に帰った。

当時天津においては、日英会談が進行中であり、現地軍が相当強硬態度で租界（＊イギリス領）封鎖を強行しているニュースがあった。

シナ事変の処理、欧州情勢の緊迫など内外多端の折柄、ノモンハン方面で兵力を牽制されることは好ましくない。「適当に、できることなら頬被りして相手にすまい」と考えながら、別にハイラル方面に増兵する考えもなく、むしろ何とかしてシナ事変の解決に関東軍として策応すべき方策はないものかと思案しているとき、現地からの報告は、「外蒙及びソ連軍に何ら慎重な態度が見えず、大規模に兵力を増強し、戦備を強化しているらしい」というものだった。明らかにシナ事変を牽制するための政略的意図を持っているにちがいない。計画的侵犯の兆候はますます濃化してきた。

六月十九日朝、小松原師団長から軍機電報が来た。その内容は、

一、ノモンハン方面の敵は逐次兵力を増強し、有力なる戦車を伴う敵は、昨朝満軍を蹂躙駆逐せり。

二、約十五機の敵爆撃機は昨日温泉方面を攻撃し、人馬に相当の損害を与えたり。

三、約三十機の敵爆撃機は、同日朝カンヂュル廟附近を攻撃し、同地に集積しありしガソリン五百缶を焼却せり。

事態はまさに容易ではない。従来相互に空中越境したものの、それはいずれも単機偵察の範囲を出でなかった。にもかかわらず、大編隊の爆撃機を以て、深く国境を越え、カンヂュル廟と温泉に盲爆を加えるとは、本格的挑戦であると断ぜざるを得ない。

このまま見逃せば、ハイラルやチチハルを爆撃するであろう。左の頬をたたかれて、さらに右頬をたたかすか、あるいは断乎として敵の出鼻を挫き、白熊の巨手を引っ込めさすかの判断に迷った。

第二十三師団は、「防衛の責任上進んでさらに徹底的に膺懲したい」との意見を具申してきた。

たたくべきか、黙殺すべきかを決せねばならぬ。作戦室には寺田高級参謀以下作戦参謀全員集合し、軍の採るべき態度について研究した。

寺田参謀はおもむろに口を開いた。曰く、

「関東軍司令官が防衛上の責任においてこれを撃破駆逐するのは当然であるが、シナ事変を処理するに最も重大影響を持つものは対英処理である。いまやこの根本問題が順調に軌道に乗ろうとしているとき、満州でソ連との間に大規模の紛争を起こすことは、中央部の気分をこの方面に牽制し、対英処理を不徹底に終わらしめる原因となるおそれがある。

既往《きおう》の経験より見ると、張鼓峰事件は、漢口作戦の最も重要な時期であったにかかわらず、中央部全部、とくに作戦関係は上下すべて張鼓峰に牽制せられシナ作戦はお留守になった。であるから、ノモンハンの始末は対英処理がある程度進捗した時機に選定してはどうか」

まさに穏健妥当、一理ある所論であった。

著者の意見はこれと全く反対であった。

「不拡大を欲せば、侵犯の初動において、徹底的に殲滅することが必要であり、相手は我が譲歩で満足するような良心的な敵ではない。日英会談を効果的ならしめる方法はむしろ、不言実行の威力である。万一ノモンハンで明瞭な敵の挑戦を黙視せば、必ずや第二、第三のノモンハン事件が、さらに重要な東正面あるいは北正面においても続発し、ついに全面衝突に至るおそれなしとしない」

関東軍作戦主任参謀、服部卓四郎中佐

と、徹底膺懲を主張した。

三好、服部両先輩も、大体において、著者の意見に同意を表され、さらに慎重審議の結果、寺田参謀以下全員積極論に一致し、次いで第二、第三課長も合同して、寺田参謀よりの説明企図を諒承し、対外蒙作戦要綱を立案したのであった。

この半日の検討は、ノモンハン事件処理を左右する重大な意義がある。もし、素直に寺田参謀の意見を採用し、攻勢時期を日英会談終了後に延期したら、当然秋となり、間もなく冬を迎えるから、第二次ノモンハン事件は、あるいは翌年に持ち越され、または欧州情勢の変化で立ち消えになったかも知れない。

しかし、それはスターリンの意志によってのみ決定し得たであろう。

第一次ノモンハン事件の処理において、関東軍が如何に慎重に不拡大方針を堅持したかは、前にも述べた通りである。山縣支隊を不徹底な打撃のまま撤退させたとき踵《きびす》を接して再侵犯し、しかも満領内の二要点（カンヂュル廟と温泉）に大規模の爆撃を加えてきたソ連の動向を見究めると、このまま温順《おとな》しく引き退がる相手ではない、と断じたのであった。

烏兎《うと》匆々、十数年を経過した今日、北朝鮮において、ベルリンにおいて、あるいはギリシアにおいて、ソ連がその付庸《ふよう》国を煽動しつつあくなき不法侵略を継続している現実を見るとき、あるいは終戦直前、弱り目の日本に突如、抜き打ち的宣戦を布告した相手の戦略を静かに観察するとき、三対一の実力で、持久の任務を遂行するための手段が、消極と積極のいずれを採るべきやを改めて考えねばなるまい。

師団長の涙

直ちに積極的にソ蒙軍を膺懲する作戦が立案されたが、その要点は次のようであった。

一、第七師団を動員して、温泉方面から将軍廟南側地区に集中し、ハルハ河上流から渡河して敵の背後を攻撃し、両岸地区において、敵を撃滅する。

二、第二十三師団は、第二線兵団としてハイラルに待機させ、一部を満州里に推進して敵の側面を脅威し、敵を牽制する。

第七師団は、在満師団中の最精鋭であり、団結訓練の程度においても、第二十三師団とは格段の差がある。第一次ノモンハン事件で現われた第二十三師団の実力を見ると、敵を撃破すべき自信は遺憾ながら十分でない、との理由に立つものであった。

軍参謀長磯谷中将は、「この根本に異議はないが、実行に先立ち、中央部と十分打ち合わせ、諒解を求めた上で上下一体となりて断行すべきである」との意見を強調されたのは未だに脳裏に忘れ難い印象であった。しかし大部の幕僚は、「関東軍司令官が、満州防衛の責任上当然なすべきことを中央部に諒解を求めたら、かつてカンチァーズ事件で統帥の威信を失墜したような失態になり、責を中央に転嫁するであろう。現に跳梁している敵機の活動は、中止すべくもない。機を失せず与えられた任務に基づき、断乎として自主的に実行すべきである」との空気が強い。

　磯谷参謀長は以上のような経緯を詳細報告した上で、採否の決裁を植田軍司令官に求めた。老将の額には皺《しわ》が刻まれている。作戦参謀の立案した計画を図上で黙々として聞かれた。

　いままでは大概、首肯《うなず》きながら説明を聞く軍司令官であったが、今日はどうしたことか、深刻な表情で、少しも相槌を打たれない。恐らく軍参謀長の意見に同意で、中央部に事情連絡の上、改めて立案せよとの意図ではなかろうか、と種々に胸中を臆測しながら説明を終わり、流れ落ちる汗をハンカチで拭い終わったとき、老将軍の口は静かに沈痛に開かれた。

「関東軍が自分の任務を遂行するためノモンハン付近の敵にさらに一撃を与えることには同意する。ただし、ノモンハンは小松原師団長の担任正面である。その防衛地区に発生した事件を他の師団長に解決させることは小松原を信用しないことになる。

日本軍の主力八九式中戦車

自分が小松原だったら腹を切るよ」

と、老眼に涙さえ浮かべて断を下された。

作戦主任はその言葉を返すかのように、第七師団の戦力と第二十三師団の戦力とを比較し、遺憾ながら第二十三師団に大きな期待をかけられない所以を率直に申し上げたところ、

「戦術的考察においてはまさにその通りである。しかし統帥の本旨ではない」

この老将の一言に、並み居る全幕僚は肺腑《はいふ》に太い釘を打ち込まれたように、粛然として答える者もなかった。まさに一本参った、との感に打たれたのである。

寺田参謀は幕僚を代表して、「本案は図上戦術の利害のみを重視しました。本夜さらに御趣旨に副うように研究し、とりあえず第二十三師団の一部と、航空部隊を以て敵の跳梁を制限する処置を取りたいと考えます」と述べた。

翌早朝までに計画を根本的に修正した。その要点は、

一、第二十三師団全力を以て将軍廟周辺に集中し、小松原師団長の全責任において、事件を処理させること。

二、第七師団に代えるに安岡支隊（安岡中将の指揮する戦車二連隊と第七師団の歩兵一連

隊）を温泉方面からハンダガヤ方面に集中し小松原師団長の指揮下に入らせること。

朝早く登庁した植田軍司令官は、

「せっかく作った計画を根本的にやり直して、気の毒であった。これで結構だ。ただ、小松原師団の未熟な点は諸官の等しく感じている通りであるから、できるだけ軍の参謀が現地に出かけて、心から小松原を助けてやれよ」

近代の日本の軍司令官は、戦場で碁を打ちながら幕僚の起案した策案に頭を縦に振って「よかろう」と盲判を押すのを名将の型と考える者が多かった。日露戦争のとき、大山大将が児玉参謀長に信頼し切って一切を委せたことは、大器と英材の組み合わせによる名将、名幕僚の代表的挿話として伝えられた。その結果が幕僚の下剋上となり、将軍の不勉強となって、大東亜戦争の失敗に大きな因をなしている。

ノモンハン事件を通じて見た関東軍の首脳部には、このような見栄坊的総帥はいなかった。

議論は火花を散らしながらも、最後の決断は軍参謀長の補佐による軍司令官独自の識見より産まれ出たのである。

新しく立てた作戦計画の戦力を総合すると、次のようになる。

歩兵　　　十三大隊
対戦車火器　速射砲二十八門、山砲二十四門、野砲三十六門、九十式野砲二十四門
飛行機　　百八十機
自動車　　約四百輛
戦車　　　約七十輛

この兵力は、東部正面と、北部正面との兵力をそのままに残して、敵を抑え、その他の正面から捻出できる最大限であった。

このときまでに知り得た外蒙及びソ連軍の兵力判断は、外蒙騎兵二師団、ソ連狙撃一師団、戦車二旅団、飛行機二〜三旅団で、その兵力は、

歩兵　九大隊
戦車　約百五十輛
火砲　約百二十門

飛行機　約百五十機
自動車　約千輛

しかしながら、蓋を取って見た敵兵力は、右判断の一倍半ないし二倍に近いものであった。

この軍命令を持って、ハイラルに三たび出張した。師団司令部はすでに要旨を電報で知り、興奮と混雑の渦中にあった。小松原中将にお目にかかり、その室で大内参謀長立ち会いの上、作戦計画策定の経緯について説明した。植田軍司令官の胸中をそのままお伝えすることが、幕僚の主任務であると感じたからである（これは決して植田軍司令官から命ぜられたのではない）。

「実は私ども幕僚は、第一次ノモンハン事件で編成後日浅い第二十三師団の戦力が十分でなく、率直に申しまして信頼できなかったので、第二線兵団として控置し、第七師団を使うように計画しましたところ、植田軍司令官から御注意を受け、このように修正されました。私どもの浅い考えで誠に申し訳ありませんでしたが、軍司令官は師団長閣下の御心中を深く察せられて、大きな信頼をかけられ、関東軍としては閣下の御希望に副うよう、万全の援助をせよとのことでありました。何でも御希望を取り次がしていただきます」

師団長の両頬には、たちまち涙が溢れ落ちた。

この感涙が、新編匆々の第二十三師団をして、第二次ノモンハン事件において、極めて優勢なる敵の強襲を三カ月にわたり独力阻止撃破し、ほとんど師団の大部を失いながら、一言の不平もなく弱音を吐かず奮戦苦闘した原因であろう。

しかもその先頭には、師団長が自ら起って、弾雨の中に死を期して戦われた所以である。

老将の高邁な統帥が、師団長を鼓舞し、将兵を奮起させた原動力であった。

団結と訓練の不十分なこの師団をして、鬼神をも避けさせる師団にしたのは植田将軍である。

タムスク基地を衝く

第一次ノモンハン事件で我が軽爆撃隊が、退却する外蒙軍をハルハ河畔で爆撃して以来、彼我の空中戦闘は急速に展開した。

五月二十日、戦場上空を警戒中の我が戦闘機一機が敵の一機を撃ち墜としてから、五月三十一日までに撃墜した敵機は五十九機に達したが、我が飛行隊には一機の損害もなかった。

この奇蹟的勝利の原因は、戦闘機の性能が、当時のソ連機より遥かにまさり、技量も志気も敵を圧倒した結果であった。

その後、六月二十二日までは出動を中止したため（それは勉めて不拡大を希望したためである）、敵の偵察機は自由に戦場上空や満領内に侵入したが、満を持して放たず、隠忍自重して専心兵力の増強と機体の整備訓練に余念がなかった。

六月二十二日、敵はかつてない大兵力（＊航空）を以て進攻し、のべ百五十機にも達した。

第二飛行集団長は、関東軍命令によって俄然積極的行動を始め、この日全力を以て戦場上空に敵を迎え撃ち、たちまち五十六機を撃墜し、我もまた四機の損害を受けた。

ノモンハン戦に使用されたソ連製ポリカルポフ戦闘機

その後の四日間も引き続いて迎撃し、開戦以来百四十七機を撃墜したが、ついに敵は量で対抗し、新鋭機の出現と、数交代の余裕を以て挑戦し、我は常に同一部隊で交戦する状態であった。

質において断然彼を凌駕したが、量には敵《かな》わなかった。疲労の累積で消耗する心配がようやく現われ始めた。これを避けるには、結局敵の根拠飛行場を急襲しなければならぬ。

敵は六月十八、十九日、大編隊を以てカンヂュル廟とハロンアルシャン方面を爆撃したのにもかかわらず、手綱を引き緊めて敢えて進攻を許さなかったのは、ただ中央部の不拡大方針に忠実ならんとする関東軍司令官の意図からであった。

地上においても述べたような徹底した兵力で、敵を撃破しようと決心した以上は、空中においても先制急襲によって、制空権を我が手に収める必要が当然考えられる。

進んでタムスク飛行場を攻撃する考案が立てられた。

六月二十日、小松原師団長に作戦命令を伝えた後、敵の再度の越境を確かめるべく、四たびハイラルに出張した。飛行集団に交渉し、司偵機に搭乗して、タムスク根拠飛行場を偵察するため、南に飛んだ。操縦士は曹長であり、酸素吸入の準備が間に合わないため、高度を四千メートルに取って、ボイル湖上空からまっすぐタムスクの上空に突進した。曹長は敵の戦闘機を心配したのであろう。ついに五千メートルまで高度を上げたため呼吸は段々苦しくなった。

「おーい、苦しいぞ、少し下げてくれ」

悲鳴を上げたがなかなか首肯かぬ。ああ、秋山少尉が欲しい。

タムスクの上空で旋回し、地上を見下ろすと、草原の上に数十条の轍痕が鮮やかに残っている。しかし、飛行機らしいものはさっぱり見当たらなかった。ただ、灰白色の袋状をしたものが、無数に積まれてある。

「何だろう、得体の知れないものだ」

低空に降下して正体を確かめようとしたとき、敵戦闘機の一群を前方の雲の間に発見した。曹長は急旋回して東に飛んだ。残念だが仕方がない。秋山少尉ならば必ず偵察の目的を達したであろうに——。

夕刻、新京に着陸した。前作戦課長安倍克巳大佐は、飛行戦隊長として、新京飛行場に迎えてくれた。

転任してからまだ三、四カ月も経たぬ間に、立派に部下を掌握し、偵察戦隊を使いこなされている。この大佐は、元編制動員の主任として参謀本部に重きをなし、次いで関東軍作戦課長に転じ、約二年にわたる対ソ作戦準備に偉績を収めた人材である。余りに切れて、余りにも烈しかったため、味方の中に敵を作ったことも転任の一因ではあろうが、しかし大佐はこの第一線勤務に喜んで転出したのであった。

タムスク偵察の報告を聞いて、灰白色の堆積は恐らくガソリンであろうと判断を下された。

その結果に基づき、また全般の空中戦と、第二飛行集団長の意見具申によって下されたタムスク基地急襲の軍命令は、次の通りである。

関作命（＊関東軍作戦命令）甲第一号　六月二十三日十時　於新京
一、軍は速に外蒙空軍を撃滅せんとす。
二、第二飛行集団長は好機を求めて、速にタムスク、マタット、サンベーズ付近敵根拠飛行場を攻撃し敵機を求めて之を撃滅すべし。

この軍命令は実に重大であって、一歩誤れば、中央をも敵にしなければならぬ。しかし、敵がすでに我より先んじてカンヂュル廟とハロンアルシャン付近を越境爆撃した以上、報復として外蒙領内の敵基地を爆撃することは当然許さるべきである。任務達成上の戦術的手段として、軍司令官の権限に属するもので、別に大命を仰ぐべき筋合ではないと判断したのであった。

むしろ、中央部には黙って敢行し、偉大な戦果を収めてから、東京を喜ばせてやろうというような茶目っ気さえ手伝ったのである。

殊に事前の漏洩《ろうえい》を恐れて、第二飛行集団長に対しても口頭や電報を避け、筆記命令を幕僚が携行し、直接交付するような注意さえ払った。

東京に対してはたまたま事務連絡で上京する島貫参謀に、筆記命令を携行して呈出させることにされた。

地上作戦は、七月一日頃と予想している。この時期の直前に、タムスクを衝《つ》くことが望ましい。寺田、服部両参謀は、飛行集団長に進攻作戦の命令を伝えると共に、実行日を飛行集団と協定するためにハイラルに出張した。その結果は地上決戦の一、二日前に決行することとなったが、天候の関係もあるので、時機の選定は飛行集団長に一任することにした。

東京に報告したら、必ず反対されるであろう。「島貫参謀が着京するまでに、できたら決行しなければならぬ」と時を待っていたところ、突然全く予期しない電報が来た。

軍参謀長宛　　参謀次長

一、満領内に侵入せる敵を撃退する西方面作戦間、その他の正面の国境紛争は極力之を避けること、並に西方面外蒙内部の爆撃を実施せざることは、中央に於ける国境紛争の拡大防止上必要とすることにして、右、貴軍従来の方針と合致しあるものと考う。

特に内部爆撃は彼我逐次之を内部に及ぼすに至るべく、事件を却って長引かしむるものにして適当ならずと考えあり。為念。

二、作戦上の連絡のため明二十五日有末中佐を飛行機により派遣す。

島貫参謀はまだ着京しないはずだ。誰か事前に漏洩したにちがいない。調査の結果、関東軍第四課片倉参謀が寺田課長より絶対極秘として打ち明けられたことを、事務連絡のため上京して、軍事課長岩畔《いわくろ》大佐に洩らし、次いで参謀本部に漏れたものであった。

いまや中央は、進攻作戦に反対であることが明瞭である。もし実行を延ばすと、必ず正式に中止命令が来るであろう。有末中佐が止めに来る前に決行したいと考えて、第二飛行集団長に可能の限り繰り上げて実行すべく指導された。

東京から来る有末中佐は、天候不良のため、二十七日午後新京に到着した。また上京中の島貫参謀は二十六日夜着京し、二十七日朝参謀本部に出頭して、進攻作戦実行命令を提出した。だが皮肉にも二十七日早朝、タムスク進攻爆撃はすでに実行されたのであった。

この実行を視察するため、二十六日夕方ハイラルに出張した著者は、儀峨飛行集団長が各部隊長を集めて命令を下される席に参列することができた。未だ世界戦史に前例のない規模を以て、しかも東京の喜ばない進攻作戦を敢行しようとする興奮に駆られない者はなかった。しかし、不思議なことに、この壮挙に飛行集団の参謀が、誰一人随行しない。下野少将、宝蔵寺少将がそれぞれ部下の全部を率いて起つのにかかわらず、参謀が同行しないことは恥辱であると思った。出しゃばるようではあるが、ここは植田軍司令官の幕僚として行を共にすべきであると考え、爆撃編隊中に同乗することを願い出た。

席上に列していた矢野参謀副長は、突然の申し出に面喰らったようで、儀峨中将と何事かヒソヒソ相談された。著者はどうしても後に退かない。ついに許され、「それでは宝蔵寺編隊に乗せてやろう」と決定された。

その夜は、兵站宿舎の一室に数時間まどろんで、翌朝午前三時起床、一切の身支度を整えて飛行場に馳せつけた。地図も日記帳も、一切の秘密書類を友人に残し、水筒と双眼鏡と軍刀だけを携えて、万一の場合にも、秘密を暴露する心配がないように身支度した。

まだ真っ暗い飛行場には、百数十機の精鋭が吐く火光だけが輝き、轟々たる爆音の中に無気味な光を投げている。宝蔵寺少将は陸大学生時代の戦術教官であった。魁偉な容貌を飛行服に固め重爆撃機の先頭に乗って離陸した。続いて、二番機……三番機……、暁闇《ぎょうあん》の滑走路を一機また一機、滑《なめ》らかに離陸する。

編隊の最外翼の機に同乗して、離陸したのは午前四時半頃であろう。東天には微かに紅を呈してきた。天候は幸いに快晴である。タムスク飛行場には、前日夕刻の司偵の偵察で約二百機の敵が集結していることは確実である。素晴らしい戦果が期待される。百三十数機の大編隊がハイラル上空で集合するのに約三十分を費やし、午前五時、進攻態勢を整えて、直路南に向かった。

　前方上空には、数十機の戦闘機が掩護し、後方上空にも十数機が護っている。その圏内に抱かれるように、重爆の巨体が一糸乱れない編隊を構成し、爆音も高く暁のホロンバイル上空を南を指して進んだ。

敵基地を目指す、九七式重爆撃機

第七飛行団（長、宝蔵寺少将）　重爆二十機
第九飛行団（長、下野少将）　重爆二十七機　軽爆十機
第十二飛行団（長、東少将）　戦闘約八十機

世界の戦史に未だかつてなき大編隊は、あたかも隼の大群が空を掩うようである。

　午前六時、地上を見下ろすとボイル湖の水面が旭光《きょっこう》を浴びて、無数の金波銀波をたたえている。ついに国境上空を越えた。六時二十分、約三千メートルの高度を以て、目指すタムスク基地の上空に達した。地上を凝視すると、無数の敵機が銀翼を太陽に輝かせながら離陸している。そのさまはあたかも若鮎の群が波間にはね返るようであった。重爆を掩護していた数十機の戦闘機群は、敢然として離陸する敵機の大群に、高空から挑みかかってゆく。

敵飛行場の上空に達したとき、どうした訳か爆撃の命令が出ない。その上空を素通りして、少し行き過ぎてから百八十度方向を変換し、帰路についたとき初めて、爆弾投下の命令が伝えられた。数十機の重爆から一時に投下する爆弾が、次第に小さい黒点になり、水滴の滴り落ちるように見えるかと思う間もなく、タムスク飛行場の半分がモクモクと拡がる爆煙に蔽われた。爆音は全く聞こえない。ただ黒煙が入道雲のように、渦巻きながら拡がってゆく。その煙の中から離陸する敵機の数は数え切れないほどであった。眼を中空に転ずると、鳥の大群が入り乱れて戦うかと思われるばかり、彼我の戦闘機は混戦乱闘の渦中に巻き込まれている。黒煙に包まれ尾を曳いて草原上に落下するもの、真っ赤な焔の塊となってボイル湖上に墜落するもの等々、その数は到底数え切れない。

草原の上に、幾つかの黒煙が立ち上っているのは、墜落した敵機の燃え上がる姿であろう。おびただしい数だ。

すっかり見とれているうちに思わず我に返った。操縦席には若い少尉が身動きもしないで、操縦桿を握り、爆撃手は双眼鏡で地上を凝視し、機銃手は上空を鷹のように睨んでいる。少尉の肩をたたいた。

「おい……墜ちる……墜ちる、敵が墜ちるぞ」

興奮の余り、少尉に話しかけた。だがこの少尉は振り向きもしないで、

「敵か、味方かわかりません」

つっけんどんに答えた。

おー、そうか、これが確かに空中勤務者の心理であろう。いつか我が身に降りかかる運命を胸に浮かべて、墜ち行く敵に一滴の涙をそそいでいるのではなかろうか。

たちまち機内にケタタマしい機関銃声が起こった。窓から顔を出して上空を覗くと、ソ連の戦闘機が二機、三機、後方の上空より我が搭乗機に向かって、頭をぶつけるかと思われるほど迫っては体を交わしている。代わる代わる反復する攻撃であるが、幸か不幸か敵の撃ち出す銃声は、我がエンジンの爆音に打ち消されて、少しも聞こえない。ただ、我の撃ち出す機関銃声だけが勇ましく聞こえる。アーッという声と共に、隣り合わせに坐っていた准尉が右腕を撃ち貫かれた。血だらけになって伏せる。続いて二発、三発、胴体に命中したらしい。高い金属音

が心臓まで響くようである。冷汗が流れる。爆撃を終わって帰路についた編隊は、いま、数十機の敵戦闘機に襲われたのである。たちまち後方上空に待機していたらしい我が戦闘機群が敵戦闘機に挑みかかり、間近において激しい空中戦を展開した。このときばかりは墜落するものは明らかに敵機であることが確認された。

この戦闘に見とれているうちに、突然機体が周囲の空気と共に、上空に跳ね上げられるような震動を感じた。直下を見下ろすと、古いボロ綿をちぎって投げ出したかと思われるような、一塊の砲煙が、あちらにもこちらにも、縁日の「しゃぼん玉」のように上がってきた。地上から撃ち出した敵高射砲の弾幕射撃であった。いま少し高度を下げるか敵が射程を延ばしたら全弾が命中しそうである。飛行機の速度が遅くて堪らないような気持ちがする。尻がムズ痒い。これらの感覚は数分、多くも十数分の短い時間であった。大編隊はついに崩されないで、出発当時の隊形を保ちながら、再び満領上空に入った。やれやれ助かった。見事な戦果であった。夢のような感慨に耽《ふけ》っているとき、宝蔵寺少将搭乗機から無線電話があった。

「爆撃成功せり」

すぐに答えた。

「御成功を祝す」

少将の太い髯の顔が、隣りの機の窓から見える。ニコニコ笑いながら、大きな掌でしきりに窓を撫で回している。重任を果たした喜びの顔であった。

「正直に言えば、この爆撃は残念ながら半分以上は目標を外れていた。しかし、これによって敵機を飛び立たせ、我が戦闘隊に好餌を与えたことは、公平に見て重爆隊の功績であろう」

等々、検閲の講評をまとめるような気持ちで、午前七時四十分頃、ハイラル基地に帰り着いた。

死ぬかも知れないと十分覚悟し、身辺を整理して出発したのに、傷一つ受けずに無事帰り着いたことを神に感謝した。百数十機の友軍機は、相前後して帰った。

作戦室では戦果の総合報告が行われている。撃墜九十九機、地上撃破二十五機……。

儀峨集団長は最後に、

「辻君、君の見られた感じはどうかね」

「はい。一々数えることは到底できませんでしたが、戦闘機の戦果は確かに偉大でありました。しかし、爆撃は大部分目標から外れました。効力は少ないようでしたが、そのために全部の敵機を離陸させて、戦闘機の餌にした効果は確かに認めました」

見たままを率直に答えた。

搭乗機の機体に、約十発の生々しい弾痕が残っていた。同乗を許されたとき、最外翼機に志願した。それは妨碍を受けないで、戦況を最もよく見易いだろうとの考えからであったが、戦った結果から見ると、この外翼機は最も危険な位置であり、常に敵戦闘機の目標になることがわかった。この次に乗るときは、最先頭機に乗ろうとの気持ちが起こる。人間は誰でも危険を避けつつ、勇敢には見てもらいたい本能を持つものらしい。一番勇ましそうで一番安全なのは先頭機である。

我が方の未帰還機四機が、大戦果の尊い犠牲であった。

この眼で見た実況を、そのまま一刻も早く植田軍司令官に報告しようと直ちに発って、司偵で新京に帰った。

戦史未曾有の大空中戦であり、大戦果であった。しかし、この大戦果は決して東京からは歓迎されなかった。

敵か味方か参謀本部

軍司令部では乾坤一擲《けんこんいってき》の戦果如何と、一同固唾《かたず》をのんで待ち構えていた。作戦室に軍司令官以下全幕僚参集し、生々しい戦況の報告を聞いた。航空主任三好参謀は、事故のためこの進攻に参加し得なかったことがどんなにか悔しかったであろう。しかし、偉大な戦果を収め得た感激は蔽い得ないものがあった。

早速東京を電話で呼び出し、寺田参謀が参謀本部作戦課長稲田大佐に直接戦果を告げたとき、

「馬鹿ッ、戦果が何だッ」

と怒号する東京の声が、甲高く漏れ聞こえた。受話機を持った寺田参謀の手は慄え、顔面には青筋が立っている。

死を賭して敢行した大戦果に対し、しかも明らかに我は報復行為に出たのに対し、第一線の心理を無視し、感情を蹂躪して何の参謀本部であろう。中央部に事前に連絡せず、否むしろ故意に秘匿して奇襲した点は、幕僚勤務としては確かに妥当でないことを内心秘かに申し訳ないと感じていたのである。もしもこの際、「やあ、おめでとう。しかし、この次からは連絡に注意してくれよ……」とでも言われたら、お詫びの電報でも出したであろうに――。

参謀本部作戦課長のこの電話は、関東軍と中央部とを、決定的に対立させる導火線になった。

稲田大佐は実戦の経験は全くなかった。寺田大佐とは同期生であり、しかもかつて机を並べて共に勤務した仲である。余りと言えば無礼の一言だ。大戦果の蔭に散った英霊に対し、許し得ない。この憤激は全幕僚の声であった。

その夜、次のような電報に接した。

軍参謀長宛　　　　　　　　　　　　　　参謀次長

関作命甲第一号航空部隊を以てする外蒙内部に対する爆撃の件、本日初めて承知し、従来当部の諒解しある貴軍の処理方針と根本に於てその主旨を異にし、事前に連絡なかりしを甚だ遺憾と感じあり。

本問題に関しては申すまでもなく、その影響するところ極めて重大にして、貴方限りに於て決定せらるべき性質のものに非ず。当部としては今後と雖も依然断乎として従来の主義を厳守せらるべき方針なるにつき、右企図の中止方至急御考慮あり度。

右命に依り。

興奮し切っていた作戦室では、即刻次の返電を起案して発信した。

次長宛　　　　　　　　　　　　　　軍参謀長

国境事件処理の根本方針として当軍の堅持しあるところは彼が蠢動《しゅんどう》を未然に封殺し、またはその不法行為を初動に於て痛撃破摧《はさい》し、彼を慴伏せしめ、北面の備えを強化しつつ、支那事変の根本的解決に貢献せんとするにあり。

ただ現場の認識と手段に於ては貴部と聊《いささ》かその見解を異にしあるが如きも、北辺の些事《さじ》は当軍に信頼して安心せられ度。

矢はついに弦を離れた。とかく統帥の細部にまで干渉し、かつてカンチァーズ事件の処理で軍の威信を失墜させ、しかも事件発生以来、東京からは一人の幕僚も、戦場の実相を自ら視察する者なく、机の上で批判する傾向に対し、内々不快の感情を抑えていた矢先でもあったため、ついにこの問題を巡って、抜くことのできない感情の対立を爆発させたのである。事件後半の処理を、悲劇の幕で終わった最大の原因は、この対立であった。

あの際、中央部が積極的に、あらゆる支援を出先に惜しまなかったら、赫々たる終末を見たであろうに――。当時のソ連が対日宣戦の意志を持っていなかったことは、何人にも判断ができたところであった。

内外両面に敵を受けた関東軍の苦悩は、章を追って明らかになるであろう。

六月二十九日夜、次の命令と指示を受領した。

参謀総長

軍司令官宛

本二十九日大陸命（＊大本営陸軍部命令）第三二〇号発令せらる。

一、関東軍司令官は満州国及関東州の防衛に任ずべし。

満州国中その所属に関し、隣国と主張を異にする地域及兵力の使用不便なる地区の兵力を以てする防衛は情況により行わざることを得。

国境紛争の処理に方《あた》りては事態を局地に限定するに努むるものとす。

二、細部に関しては参謀総長をして指示せしむ。

大陸指（＊大本営陸軍部指示）第四九一号

大陸命第三二〇号に基づきノモンハン事件の処理に関し左の如く指示す。

一、地上戦闘行動は概してボイル湖以東に於ける満州国、外蒙古間境界地区に限定するに努むるものとす。

二、敵の根拠地に対する空中攻撃は、これを行わざるものとす。

次いでさらに参謀次長よりその要旨を敷衍《ふえん》した次の電報を受領した。

軍参謀長宛

一、今次国境事件に関連し、大陸命第三二〇号、大陸指第四九一号を出されたるは、貴軍の実施せるタムスク及サンペーズ空中攻撃が純然たる国境外に於ける作戦行動たる故、大権の範囲としてその実施に当りては御允許《ごいんきょ》を仰ぎ奉るを至当とする見解の下に関東軍司令官の任務に遡り国境紛争処理の根本方針に関する大命を拝し、之が細項に関し参謀総長の権限を明かにせられたるものにして貴軍に於ては右大陸指に基づき自今敵の根拠地に対する空中攻撃を中止せらるるの要あるを示されたるものなり。

二、大陸命に於ける関東軍司令官の任務は、臨参命第二五号及関東軍勤務令と精神に於て同一にして且貴軍従来の任務達成の方針と合致しあるものなり。

三、関作命第一四八八号別冊「満ソ国境紛争処理要綱」中、一時国境外に行動することは、関東軍司令官の防衛任務に伴う常続的権限として御裁可を仰ぎ得ざるを遺憾とするも、各国境紛争の特性に応じ、万已むを得ざる場合に於ては、御委任の範囲内に於て右行動の実施を可能ならしむる如く配慮する所存なり。

大陸指第一項は右の意味に於て近く貴軍の企図せらるる地上作戦を容易ならしむる趣旨のものなり。

右命に依り。

関東軍が、また何を仕出かすかわからないとの不信任によって、字句の解釈に積極的余地がないように、手と足を縛ってきたものである。

敵は刻々兵力を増強し、虎視眈々として侵攻を準備しているとき、我は手足を鎖で縛られて、強敵との喧嘩をしなければならなくなったのである。

七　敢戦苦闘

攻撃の準備

植田将軍の知遇に感じた小松原師団長は、自ら陣頭に立って雌雄を決しようとの決意が固く、軍命令に基づいて部隊を将軍廟周辺地区に集中し、攻撃の準備に余念がなかった。

この集中が、何ら敵機の妨碍を受けることなく完了したのは、二十二日から全力を以て敵機を迎撃した飛行隊の戦果である。とくに二十七日、タムスクに敵主力を撃破した後においては、戦場の上空にはほとんど敵機を見ないまでに、完全に制空権を我が手に収めていた。その一撃が、敵にどのくらいの痛手を与えたかを知ることができるであろう。

空中の優勢に反して、地上においては敵は衆を恃んで、さらに深く満領内に突進し、将軍廟に陣地を占領していた小林部隊を戦車と重砲で強襲したが、小林恒一少将の指揮する第一線は、陣地付近の近距離に敵を迎えて、これに打撃を与え、七十輌のうち十三輌を炎上、破壊、六月二十八日には、攻撃実施の命令を待っていた。

小松原師団長の指揮下に入れられた安岡支隊は、戦車二連隊と、第七師団の歩兵一連隊からなり、相当の兵力であるが、臨時に編組したもので、支隊全体の団結力については十分でない点が予想された。殊に安岡中将と小松原中将とは同期生であり、一人が他を指揮する上において、微妙な空気があるのは免れ得なかった。その他師団長の指揮下には、満軍の支隊がある。蒙古系軍隊を主体とし、日本軍顧問が指導している関係上、よく師団長の意図の通りに動かし得るが、戦力は微弱で到底外蒙軍の敵ではなかった。ただ戦場の地形、気象などに慣れているのが特徴であろう。このほかハイラル守備隊は、小松原師団と同一駐屯地で、顔馴染ではあったが、機動力が全く欠けているから大きな戦闘力は期待し得なかった。

飛行第二集団が空中写真によって偵察したところ、敵の主力は小松台（＊「小松」原より命名）を中心とし、ハラ高地（＊小松「原」より命名）を左翼の拠点として、堅固に陣地を占領しているようである。

敵の後方状況は明らかではないが、毎日のべ約千輛の自動車が、軍隊、軍需品を輸送しているようである。一望千里の大草原にもかかわらず、偽装が徹底しているために、何がどこに降ろされているか全く見当がつかなかった。地上から偵察した結果による敵の兵力配置もまた、空中写真と符節を合するようであり、敵はハルハ河両岸に跨《また》がって頑強に抵抗するであろうことは、一点疑問の余地はない。

師団長は、各部隊から選定した豪胆で遊泳の上手な将校斥候数組を、夜間秘かにハルハ河を泳いで敵中に潜り込ませ、直接河川や陣地の状況を偵察させながら攻撃の策案を練っている。

関東軍は作戦計画の立案当時、できたら上流河谷からハルハ河を渡って、左岸の敵を攻撃する計画であったが、これは第七師団をハンダガヤ方面に使用することが前提で、第二十三師団が将軍廟に集中した現在では、必ずしも師団長に強要する筋合ではなかった。

その後、斥候の報告や飛行機の偵察などを総合すると、師団長の考えは、フイ高地（*ハラ高地対岸）方面から渡河したいように思われる。しかしハラ高地は、空中写真の結果から見ると、敵の最も堅固な正面で、陣地は三線に構築されている。師団長の考えと全く矛盾する敵情である。

矢野副長と服部参謀と三人で、師団の攻撃にお手伝いに出て行き、これらの情況を知ると共に自ら飛行機で偵察しようと決心した。モス機に一人乗って超低空でハルハ河上空を飛んだ。速力のすこぶる遅いこの旧式小型機では、地上からの小銃弾にひとたまりもない。幸いに雨雲が低く垂れていた好機を利用して敵の眼を避けながら、ハラ高地の上空をスレスレに飛んだ。飛行集団の高空からの偵察では、三重の堅固な陣地と思われたのに、実際は全く異なって、単に戦車の入る掩壕《えんごう》が蜂の巣のように作られているばかりで、歩兵の陣地らしいものはどこにも見当たらない。「しめた、これなら必ず成功する」と、喜んで帰った。

師団長もこの報告に気をよくし、雲の晴れるまでを利用して、歩兵連隊長と工兵連隊長を、再びモス機に乗せて現地を偵察させた。

ヨタヨタの鈍《おそ》い飛行機が、ただ一機超低空で戦場を飛ぶことができるほど敵の空軍はすっかり萎縮していたのである。

タムスク爆撃の効果は決定的であった。

ハルハ河を渡る

約三日間の準備で、師団長は次のような攻撃の部署を定めた。

一、ハルハ河を渡河して攻撃（小林少将指揮）
　右第一線――歩兵第七十二連隊
　左第一線――歩兵第七十一連隊

二、ハルハ河右岸の敵を攻撃
　安岡支隊（戦車二連隊、歩六四、野砲一連隊、工兵二中）

三、師団長直轄

山砲一連隊、工兵一連隊

四、乗車予備隊

第七師団の須見部隊

各部隊の将兵は満々たる自信を持って、この一戦に「眼に物見せてくれん」といきり立っている。

灼きつける砂漠の太陽も西に沈むと、冷気が急に身にこたえる。防蚊覆面の網の目を通って、眼に鼻に耳に突撃するブヨは、終夜安眠を妨げる。砂漠の中に掘られた蛸壺のような壕の中に昼の疲れか、ぐっすり眠る将兵たちの夢は果たしてどこをさまよっているのだろうか。砂漠の夜は更けて、一発の銃砲声さえ聞こえない。ただ、遠くの方から、遊牧の民の飼う羊の鳴声が聞こえてくる。咽《むせ》ぶようでもあり、訴えるかのようにも響く。いよいよ明日からこの草原に、天を震わし地を動かす戦いが始まるとは思えぬ夜の静けさである。

七月一日三時、満を持していた一万五千の将兵は、暁闇を利用して動き出した。左岸攻撃縦隊の先頭には、小林少将が乗馬で誘導している。闇の砂漠はともすれば方向を誤りそうである。

夜が明けると、冷涼の砂漠はたちまち酷熱の砂漠に変わった。正午頃ようやく、フイ高地の正面に先頭が到着したとき、突然縦隊の先頭に数発の砲弾が落下した。弾着は正確である。縦隊に若干の死傷を生じたとき、小林少将は一鞭あてて馬を前方の高地に駆け上がらせた。「命令受領者、前へ」と命じながら、双眼鏡を取って自ら敵陣地を偵察し、現地を指さして、各部隊に攻撃命令を下した。沈着大胆なこの指揮ぶりに、縦隊は一糸乱れず展開し、あたかも秋季演習の遭遇戦を思わせるものがある。

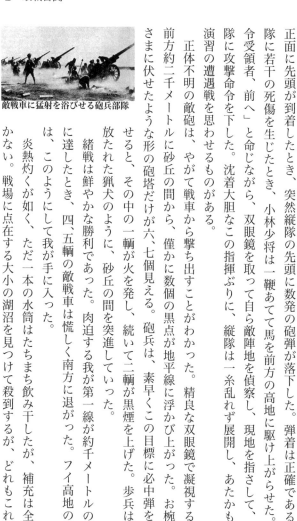

　正体不明の敵砲は、やがて戦車から撃ち出すことがわかった。精良な双眼鏡で凝視すると、前方約二千メートルに砂丘の間から、僅かに数個の黒点が地平線に浮かび上がった。お椀を逆さまに伏せたような形の砲塔だけが六、七個見える。砲兵は、素早くこの目標に必中弾を浴びせると、その中の一輌が火を発し、続いて二輌が黒煙を上げた。歩兵は綱を放たれた猟犬のように、砂丘の間を突進していった。

敵戦車に猛射を浴びせる砲兵部隊

　緒戦は鮮やかな勝利であった。肉迫する我が第一線が約千メートルの距離に達したとき、四、五輌の敵戦車は慌しく南方に退がった。フイ高地の一角は、このようにして我が手に入った。

　炎熱灼くが如く、ただ一本の水筒はたちまち飲み干したが、補充は全くつかない。戦場に点在する大小の湖沼を見つけて殺到するが、どれもこれも波打ち際が、真白い砂に蔽われている。海水にも劣らぬ塩辛い水だ。人のみならず馬も可哀そうであった。身体一面に汗の白い塊を被りつつ、充血した眼で水面を目がけて駆け出した。人の力では制し得ない強い本能である。とても飲めない塩水を、ゴクリゴクリと音を立てながら腹一杯飲む姿が、可哀そうでもあり羨ましくもあった。

小林少将は、フイ高地北側の砂丘に部隊を集結し敵状捜索の部署を命じた。夜十二時を期して右岸の敵を夜襲することにして準備を命じたが所望の敵状はさっぱりわからない。しかし、七月二日には渡河しなければならぬ。是が非でも本夜中に、フイ高地一帯を占領しなければならなかった。

小林少将は夜半、両連隊を夜襲の部署につかせた。鼻をつままれてもわからぬ真の闇夜である。そのとき、旅団副官の少佐が、昼の戦闘で疲れ切ったか、死んだように寝ていた。いよいよ出発準備を整えたが、この副官だけは呼べども答えがない。時刻は遅れがちで、一同心配して副官を探し回り、ようやく壕の一隅に見つけ出したのだった。普通の部隊長ならばたちまち怒鳴り散らすところであろうが、小林少将は可愛い子供をいたわるように、「疲れたのだろう、準備はできたよ、さあもう一息だ」と、恐縮に堪えない副官を、かえっていたわりながら、部隊の先頭に立って、敵陣地とおぼしき方向に進んでいった。幸いに敵は夜に入ると共に退却したため、戦わずに所望の目標を占領し得たが、昨日からの小林少将の沈着剛胆な指揮ぶりと、部下の過失を寛容する人となりに、しみじみ頭が下がる。

　小林旅団長は陸大出身であるが、いわゆる軍刀組でもなく、平素は見栄えしない、裏街道ばかりを歩かされた人であった。この人が、あの戦場で、如何に勇敢によく働いたかを思うと、かつての陸軍の人事に、人を見る眼のなかったことを熟考させられる。

　七月二日、昼間はフイ高地を確保してハルハ河右岸に残っている敵を攻撃しながら、渡河の準備を整えた。歩兵第七十一連隊を第一線渡河部隊とし、その第一大隊をまず舟で渡して、前岸に拠点を占領し、その掩護下に工兵連隊で架橋する計画であった。

　矢野副長と服部参謀と共に、旅団司令部付近の壕内に、うだるような暑さを耐え忍んでいたとき一人の大隊長が懐かしそうに近づいてきた。どこかで見覚えのある顔だと思っていると、服部さんの同期生、横田千也少佐である。横田さんから声をかけられた。

「やあ、辻君、お久しう、長城線ではいろいろお世話になったねえ」

「あっ、あのときの横田さんですか、御無沙汰しました。今夜はまた第一線ですか」

「うん、また面白い任務を貰ったよ、第一回の渡河掩護部隊ですよ」

　横田大隊長は七・七事件の直後、板垣兵団の歩兵第四十二連隊の中隊長として、長城線の突破に殊勲を樹て、重傷を負った顔馴染の勇士であった。あれから二年経った今日、大隊長としてまたもや激戦場に、晴れの重任を引き受けたのである。

「お伴しましょう」

この懐かしい先輩に、何とかお手伝いしようと思った。別に命令された訳でもないが、横田大隊の行動は、師団全般の運命を左右するものである。願ってもないことだ。

文字通り咫尺《しせき》もわからぬ暗夜であった。昼間さえ方向維持に迷う砂丘地帯を、配属された工兵小隊長を先導に、重い舟を兵の肩に担がせながらハルハ河の岸に向かった。約二時間の行進を終わったとき、「大隊長殿、渡河準備終わり」という工兵小隊長の報告を聞いた。よくも手際よくやったものだと感心しながら、案内されて河岸に出た。

暗夜とはいえ、余りにも河幅が広く見える。

「おかしいなあ」

ハルハ河はせいぜい幅五十メートルのはず、流速は一メートル以上もあるはずだが、暗《やみ》の水面には小波も立っていない。「これはおかしいぞ」と感じ、携帯天幕を頭から被りながら、懐中電燈で、地図と現地とを丹念に対照すると、これはイリン湖にちがいない。

「まちがった！」

折から進出された小林少将にその旨を報告し、善後策を考えているところへ、師団長と矢野副長と服部参謀が追っついて来られた。

横田大隊長はひどく責任を感じているらしい。ハルハ河まではまだ五百メートル以上もある。全く準備ができてない。一晩延ばすのが常識であろう。しかし、大隊長の眉宇には激しい決意が浮かんでいる。

「いや、必ず夜半までに渡ります」

部隊は再び起ち上がった。重い舟に汗だくになった兵を叱咤しつつ、静粛行進どころではない。走るように河岸に突進した。間もなく高さ約三十メートルの断崖にはばまれた。やや躊躇の色が見えたとき、

「鵯越《ひよどりごえ》の逆落《さかお》としだ、舟を辷《すべ》らせッ、兵も一緒に！」

と大隊長は命令し、十隻の折畳舟《おりたたみぶね》は将兵と共に、高い断崖を辷り、否転がり降りた。偶然にもそこはハルハ河の岸に近い道路の傍である。ホッとして工兵が、素早く舟を水上に浮かべた。折から珍しく小雨か霧雨が降ってきた。

大隊は十隻の小舟で、五十メートルばかりの河を漕ぎ渡った。流速は思ったより速く、水深も深い。しかし幸いにして前岸には敵はいなかった。将兵は貪《むさぼ》るように河水を飲んだ。昨日か

ら灼熱の砂漠で、水に困り抜いていた将兵だ。戦いも忘れるように貪り飲んだ。

大隊長は早くも各中隊を掌握し、夜襲の隊形を部署した。大隊長自ら斥候を兼ね、教導を兼ねて、ただ一つの夜光磁石によって、真南に進んだ。約一時間以上も、無言のままただ南へ南へと直進した。敵陣地は河岸からそんなに遠くないはずだ。

大隊長は真っ先に突入する覚悟であろうが、不思議にいつまで待っても軍刀を抜かなかった。ただ一本の鞭を持ったままである。もう敵とぶつかりそうだ。軍刀を幾度か抜こうと思ったが、隣りの大隊長が抜かない前に抜いたら、笑われるだろうと我慢して進んだ。

赤土の色が直前に見える。確かに敵の第一線だ。

「突っ込め！」

という大隊長の力強い声と共に突入した。だが、この陣地はもぬけの殻であった。がっかりした。さらに約五百メートル南方の第二線に突入した。ここにもまた敵はいなかった。

数日前「モス」で低空から偵察した通りどの陣地も皆、戦車の掩体であった。だが数百メートル前方に微かに光がある。懐中電燈らしい。

「辻君、変だね、居らんぞ」

「横田さん、この辺で陣地を作りましょう。余り進み過ぎると架橋の掩護になりません」

大隊長はこの意見を容れて、全大隊を以て円形陣地を作らせた。夜が明けたら、どこからやられるかわからない。全周に約半時間で、立射散兵壕を掘り終わった。その直後、突然激しい銃声が、続いて砲声が南に起こった。夜光を曳く弾道が明らかに敵の数を現わしている。

「戦車だッ」

と叫ぶ声。

「壕に入れ、肉迫攻撃準備！」

と隣りに立っていた横田大隊長が怒鳴った瞬間斃《たお》れた。頭部貫通だ。

右から、左から、正面から十数輌の敵戦車が、大隊の陣地に突入してきた。静寂だった戦場はたちまち修羅場となり、各所に手榴弾が、機関銃弾が飛んだ。真っ赤な火焔が上がった。一輌、二輌と、続いて火を発した。

この戦闘は約三十分の後止んだ。戦車二輌を火焔瓶で焼き、一輌を砲塔に飛び乗って捕えた。

大隊長を失ったことは限りなく残念であった。その位置には、未だ壕が掘ってなかった。中央に突っ立ったまま大隊全員にまず壕を掘らせた大隊長であり、軍刀も抜かず鞭を握ったまま斃れた。惜しい先輩を惜しいところで失った。この責任もまた当然、自分の負うべきものである。

太陽が上ると共に、歩兵第七十一連隊の主力が、次いで歩兵第七十二連隊の主力が、波状隊形で戦場に駆けつけた。大隊の損害は、ただ一人の大隊長だけであった。それは全員が掘り終わった壕内に身を隠し、敵の戦車を通過させ、後方から肉迫したためであった。

捕獲した敵戦車一輛を大隊の自動車運転手が操縦し、日の丸の旗を天蓋に立てながら、第一線前方を、小松台に向かって突進していった。

大隊長の復仇《ふっきゅう》の意気物凄く進んだ。

量と質

横田大隊の渡河した場所で、工兵が一本の橋を架け、それを渡った師団主力は両連隊を併列して南方に深く突進した。

敵は全く奇襲せられたようで、数百輛の戦車が、何らの統制もないように、二、三十輛毎の群を作って、あるいは前方から、あるいは側方から、あるいは横隊で、あるいは縦隊で、盲目滅法にぶつかってくる。

速射砲と山砲は、四百メートル以内に敵を引きつけて、一弾必中の猛射を浴びせた。黒煙に包まれ、火を吹く戦車の数は、一々記憶してはおれない。

　第一線大隊のすぐ後ろから、戦車の機関銃弾を潜りながら前進していくうちに、焼け出した戦車の傍を通ると、草原に伏しているソ連の将校がいた。死んだように見える。近寄ってよく見るとどこにも血痕がない。偽っているものと判断した。軍刀を抜いて切尖《きっさき》でお尻をつついたら、奇声を上げて飛び起きた。麻縄でその腰を縛って、第一線に進出した。習ったロシア語が初めて戦場に役立ったのである。

　第七十一連隊の散兵線で、第二回目の敵の逆襲を受けたのは、午後二時頃であった。神妙に、弾丸の中をついてきた捕虜の中尉がだんだん可愛くなってきた。縄を解いて当番兵代わりに使った。

「何が欲しいか」

「パンと煙草」

「よし、俺と同じ姿勢で、戦さが終わるまで見ていたら褒美にパンと煙草をやるよ」

　傍に岡本少尉の指揮する速射砲一門が陣地を占めて、敵の大逆襲を待ち構えている。

「おい、弾丸の補給はないぞ、二百メートルまで近寄せて撃て、一発必中だぞ」

　射手は、突進する戦車の大群から撃ち出す機関銃弾を被《こうむ》りながらも容易に撃たない。二百メートル以内に入ったとき突然発射して、先頭車に命中させた。真っ赤な火が黒煙と共に上がる。

「命中！」

と叫ぶ声が朗らかに聞こえた。次々に必中弾が浴びせられ、合計七輌を約十分間に炎上させた。十発の弾である。多くの速射砲でもこの分隊は特別であろう。約半数をやられた敵は、我が陣地に突入することなく、反転して退却した。そのとき、弾丸は数発を残すのみであった。一息ついたとき、余りの見事さに、何か褒美をやろうと思ったが、何もない。ただ、最後まで図嚢の底に取っておいた恩賜の煙草を出して、一本宛分けてやった。「頂いてよし」という分隊長の声に、兵はさも美味そうに火をつけた。機関銃弾や砲弾が絶え間なく飛んでくる中に、ゆっくり吸い終わった兵は、御紋章のついた吸殻を勿体なさそうにいじっている。分隊長はそれに気がついたらしい。

「おい、皆、吸殻をポケットに入れてお守りにせよ！」

兵たちは黙って吸殻をポケットに入れながら、再び突進してきた新手の戦車の第二波に、また必中弾を浴びせた。

激しい戦場の小場面に、在りし日の皇軍の姿が偲ばれる。

捕虜の中尉は、眼を丸くして蟹のように伏せ脅えながらこの情景を眺めていた。

「よし、君にもご褒美にやる、しかし、そんな恐そうな姿勢だから一本はやれないよ。半分で我慢せい！」

日に約千輌の自動車を以て補給されながら、日本軍よりも遙かに悪い給食で、外蒙の草原に骨を曝すソ連兵に、一抹の同情を禁じ得ないものがあった。彼らは出動以来一カ月になるが、酒や煙草の加給品は、何一つ貰ったことがない。毎日一片の黒パンと岩塩だけだ。水もまた十分でなかっただろう。我に倍する自動車を使いながら、全力を挙げて弾丸を、ガソリンを、送っていたのである。一切の贅沢品を作らないで、戦車と飛行機の製造に全国力を傾けているソ連の底力には、敬服と驚嘆を禁じ得ない。

機関銃を構え戦車を待ち受ける日本兵

このようにしてもなお撃ち漏らした戦車の一部は、砲の間隙から我が歩兵線に突入したが、火焔瓶と爆薬の肉迫攻撃で止めを刺した。午後三時頃までに、戦場で炎上させた戦車は、少なくも百輌を下らなかったであろう。

小松原師団長が、第一線連隊の直後を乗用車で前進中、側方から突進した約十輌の戦車に肉迫されて危機一髪のとき、師団砲兵の先頭中隊が、零距離射撃で数輌を炎上させて、危機を脱し辛うじて第一線に追及された。

服部参謀はモス機に乗り、超低空で戦場上空を偵察中、小松台付近で敵弾を受け、ハラ高地南方の草原に墜落した。しかし天祐にも炎上した飛行機中より脱出し、たちまち敵戦車に襲われたが、師団長を救った砲兵によって危急を脱し、正午頃第一線に進出した。

一望千里の大草原に、身を隠す一本の樹木さえない戦場で、姿を発見し得ない敵の重砲と、量を誇る戦車を相手とする我が歩兵の戦闘は、正午頃からだんだん不利になってきた。

新手を増加した大戦車群は、午後二時頃、ついに大逆襲に転じた。ハルハ河に架けたただ一本の橋梁に、約三十機の敵の爆撃機が投弾し、また深く側方より侵入した戦車十数輌が、この橋梁を目がけて殺到しつつある。

朝からの戦いで百輌以上をたたき潰したが、弾薬の補充は多く期待し得ない。急襲の効果はようやく失われ、陣容を立て直した敵は、重砲支援の下に数を恃んで、逆襲を反復した。午後四時頃には、草原の各所で彼我の混戦乱闘が演ぜられ、残り少ない弾丸で必中弾を浴びせたものの、ついに質は量を制し得ないような様相を呈してきた。

ハルハ河左岸に進出した我が対戦車火砲は、速射砲十六門、野砲十二門、山砲八門、合計三十六門であるが、戦場になお健在する敵戦車は二百輌を超えるのみならず、これを支援する敵砲兵は、野山砲、重砲を併せて、少なくも四、五十門に達するらしい。午後の戦闘で、さらに約五十輌を炎上させたが、昨日まで姿を現わさなかった敵空軍は、ややもすると、我が空中勢力を凌駕するかに見える。

遙かに川又《かわまた》橋梁を俯瞰すると、ハルハ河右岸の戦線も、ようやく膠着の色が見える。

水の補給は全くなく、早朝ハルハ河渡河点で鱈腹《たらふく》飲み、水筒一本を満たしただけだ。朝から灼熱の大地に木蔭とてない戦場で、激戦苦闘し、一滴も余す者がない。将兵の疲労はその極《きょく》に達している。

師団長の企図したことは、この一撃で敵砲兵を全滅し、川又付近を遮断して、右岸の敵を捕捉するにあったが、ようやくその困難なことを自覚しなければならなくなった。幸いに第一線連隊と砲兵の奮闘によって、第二の大逆襲を撃退し得たが、恐らく敵は今夜さらに新鋭を増加して、明朝から反撃に転ずるであろう。第一線はすでに壕を掘り、攻勢から防勢に転じている。

師団長と矢野副長、服部参謀と四人で、第一線の戦況を踏まえ、明四日以後の戦闘指導について協議した。副長から、

「閣下の御考えは如何ですか」

と口を切ると、師団長は、

「軍の御指示の通りやりたいと思います。このまま攻撃を続行せよとの御示しならば万難を排

して小松台を攻撃しましょう。また左岸から撤退して右岸攻撃に重点を向けよ、とならば、今夜主力を以て転進しましょう」

副長と服部参謀と著者とで、爾後の指導をどうするかについて研究の結果、次の理由で主力を右岸に転進させる意見に一致した。

一、我が補給はただ一本の橋梁によらねばならないが、明朝以後、爆撃と戦車の集中攻撃を受け破壊される危険がある。しかし補給する渡河材料は皆無である。
二、今日の戦いで敵戦車の半分を撃破したが弾薬も残り少なく、明日以後は大きな戦果を期待し得ない。
三、進退の責任は軍で負うべく、師団長に負わすべきではない。

やがて副長は師団長に向かって意見を具申した。

「軍は左岸の戦闘を中止し、右岸攻撃に師団の全力を結集使用するを全般の戦況上有利と判断します」

師団長も師団参謀も内心この意見を希望していたことは察するに難くない。快く容れられ、

即座に各部隊長を集めて、本夜の転進を命令された。その要領は、

一、乗車予備隊であった須見連隊でハラ高地を占領確保して、歩七一、歩七二及び師団砲兵の転進を掩護させる。

二、第一線各部隊は夕刻を待って、まず負傷者及び戦死者を完全に後送し終わった後、砲兵隊、歩七一、歩七二の順序にハルハ河橋梁を通過し、明四日払暁までにフイ高地付近に兵力を集結す。

三、工兵隊は橋梁を確保して諸隊の転進を掩護した後、須見連隊の撤退後橋梁を撤収する。戦況によりその余裕ない場合には爆破する。

命令は、順序よく伝達された。

せっかく左岸に進出した師団主力が目的を達し得ずに転進することは、何とも申し訳がない。しかし万一躊躇して、師団を孤立無援の危地に曝してはならぬ。「まあ、この辺が潮時だろう」と、あきらめねばならなかった。

灼熱の太陽と敵砲火に包まれて、のどの渇きがどうにも我慢できない。服部参謀と共に第一

線のすぐ後方の凹地に水を探し求めた。草の根を掘ると、濁った水がチョロチョロ滲み出てくる。それを溜めて、手で掬《すく》いながら辛うじて干からびたのどを湿《しめ》した。木蔭を求めることはできない。やむなく凹地にあった司令部の乗用車の中に入って一休みしようとしているとき、突然敵重砲弾が付近に落下した。

「危ない！　狙われました、壕へ！」

と叫んで、付近の防空壕に飛び込んだ瞬間、第二弾が乗用車に命中した。濛々《もうもう》たる煙に包まれている。

あッ、服部さんがやられた——壕を飛び出して駆けつけたとき、服部参謀は地面に伏せたまま自動車の車輪に背中を押さえられている。その隣りには腰から下を吹き飛ばされた兵が呻《うな》っていたが、不思議にも参謀には擦り傷一つなかった。

上半身だけ残った憐れな兵隊は、何一つ苦痛を訴えない。気も確かであった。

「しっかりせッ！」と、抱きながら、水筒の底に僅かに残っていた数滴を口に流し込んで、末期《まつご》の水とした。

朝からの激戦で、大草原は俄か工場ができたように、黒煙を吐いている。炎上する戦車から立ち上る煙は無風の草原に、直線状をなして高く天に沖《ちゅう》し、無数の煙突のようである。

約百五十輌の戦車を潰したものの、質はついに量には勝てなかった。

日没を待って、部隊は行動を起こした。戦場の各所に焼け続ける戦車の火光が、我が転進の道しるべのように、赤々と輝いて、漆黒の草原に退却の方向を明示してくれた。何らの混雑もなく一糸乱れず転進し、四日払暁までには予定通り主力をフイ高地付近に集結することができた。

師団司令部間近の草の上に、矢野副長と服部参謀と三人、石油の空き缶に腰かけながら乾パンの袋を開いて空腹を満たしているとき、突然敵の重砲弾が前方約二百メートルの河岸に炸裂し、次いで後方約百メートルに第二弾が落ちた。

「狙われましたッ、あちらへ！」

との声に三人は、開いた乾パンの袋を片手に持ったまま、百メートルほど離れた地隙《ちげき》に飛び込んだ瞬間、一弾が鼎坐《ていざ》していた付近に落ちて、三つの空き缶を空中高く噴き上げた。危うく数秒の差で死ぬところであった。

連日の疲労に、いつしか地隙の中で三人ともぐっすり寝込んだ。眼が覚めたときは、正午に近かったが、司令部付近が爆撃された音に驚いて駆けつけると、あの温厚で勇敢な大内参謀長が、心臓を撃ち貫かれて即死されていた。安らかな死顔である。惜しいことに……。

何一つ身を匿すもののない草原に、僅かに身を入れる孔を掘って、どうにか敵の砲弾を護ったものの、暑さは昨日よりさらに甚だしい。水を飲みたいがどうにもならない。

午後三時頃であった。悲痛な顔をしたS連隊のひとりの将校が、部隊の危機を訴えるように報告している。

「火焔瓶と地雷を下さい」

声が慄えている。

師団長はたったいま参謀長を失ったばかりのところへ、またしても前岸の急を訴えられ、苦脳の色がさすがに濃い。師団参謀は手不足で、前岸に行く余裕は全くなさそうだ。

またお手伝いしようと思って副長に申し出た。異論はない。師団長は柔和な瞳で、

「君、行ってくれるか、御苦労ですが……」

と、心からいたわり、喜んで申し出を承認された。「護衛兵を連れて行け」と言われたが、白昼、敵砲弾下を潜るには一人に限る。敵がどんなに弾薬が豊富であったにしても、まさか一人の目標に対して大砲を向けることもあるまいと考えながら、砲弾の合間を縫いながら、再びハルハ河を渡った。昨日からの渇きを癒《いや》すのはただこのときだ。橋板の上に腹ばいになって水筒で河水を汲み、たちまち二本を飲み干した。ああこの水を、師団長にも兵にも飲ませてやり

たい……。

　ハラ高地の連隊本部に辿り着いたとき、まだ陽が高いのに連隊長は夕食の最中であった。不思議にもビールを飲んでいる。この激戦場でどうしたことだろう、ビールがあるとは……。飲まず食わずに戦っている兵の手前も憚《はばか》らないで……。不快の念は、やがて憤《ふん》怒《ど》の情に変わった。

「安達大隊はどうなっていますかッ」

「ウン……安達の奴、勝手に暴進して、こんなことになったよ。仕方がないねえ……今夜、斥候を出して連絡させようと思っとる」

　部下の勇敢な大隊長が、敵中に孤立して重囲の中に危急を伝えているとき、連隊長が涼しい顔をしてビールを飲んでいるとは――。これが陸大を出た秀才であろうか。ついに階級を忘れ、立場を忘れた。

「安達大隊を、何故軍旗を奉じ、全力で救わないのですかッ、将校団長として見殺しにできますかッ」

　傍にいた第二、第三大隊長も、連隊副官も、小声で連隊長に対する不満を述べている。

　軍旗はすでに将軍廟に後退させていたのである。連隊と生死を共にせよとて、三千の将兵の魂として授けられた軍旗を、事もあろうに、数里後方の将軍廟に後退させるとは何事か。

食事を終わった連隊長は、さすがに心に咎《とが》めたらしく、重火器だけをその陣地に残して、歩兵の全力で夜襲し、ついに安達大隊を重囲から救出した。安達少佐以下約百名の死傷者を担いで、夜半過ぎ渡河を開始した。その最後尾の兵が橋を渡り終わるのを見届けてから、ハルハ河を渡った。

最精鋭第七師団の戦力も、連隊長がこれでは頼みにならぬと、がっかりしながら、元の師団司令部位置に辿り着いたとき、夜は全く明けはなれていたが、そこにはもはや、一人の兵隊もいなかった。師団長と副長を喜ばせようと思って急いで帰ったのに、すでに昨夜の中に位置を移動したらしい。ただ、馬が一頭、鞍を置かれたままショボリと草を食っている。見覚えのある馬だ。確かに師団長の乗馬だ。近づいて、鼻づらを撫でてやると、人懐かしそうに、言葉さえ出したいような表情である。この動物もまた主人の行方を見失って、淋しがっていたのであろう。

「よし、よし、俺が連れてってやるよ……」

平首をたたいて愛撫し、ヒラリと飛び乗って、砂上に残された足跡を辿りながら、南に進んだ。昨日戦ったハルハ河左岸の戦場には、まだ戦車の燃える黒煙が数条立ち上っている。砲弾がときどき思い出したように、前に後ろに炸裂する中を、ただ一騎南に急いだ。

ハルハ河に架けられた橋の向こう岸には、十数台の敵の戦車がひしめき合っている。黒煙にハッと思うと、橋板が水柱と共に高く空中に噴き上げられ、轟然たる爆破音が響いた。工兵隊長は敵戦車に妨碍されて、橋を取り外す暇がなかったのである。敵の戦車が我に追尾して渡りかけたところを、橋諸共爆破したのであった。

砂丘の蔭に、壕を掘って休んでいる師団司令部を見つけたときは、思わずホーッとした。連隊全員を無事撤収し得た報告に、師団長も副長も心から喜ばれた。

参謀本部から第一部長（作戦）が初めて戦場付近に進出し、三日朝からの戦況を将軍廟で視察していた。

たまたま敵の爆撃機で橋梁付近がやられるのを目撃し、戦況が不利であるとの感じを受けて、師団長にも会わずにさっさと引き揚げた。師団長も副長も、身を第一線に曝して戦っているとき、中央部の高級幕僚が現地の師団長にも会わずに帰京したことは、第一線に決してよい印象は残さなかった。

この部長が、事態の認識を誤り、悲観的な態度を取ったことは、他日大きな齟齬《そご》を来たす原因となったのである。

右岸の苦闘

ハルハ河左岸（＊モンゴル領）に師団の主力を以て果敢な攻撃を決行したのと策応し、右岸（＊満州国領）に進出している敵を北から南に向かって攻撃したのは、安岡支隊である。七月二日朝から戦車二連隊を並べて敵陣地に突入し、その日の夕刻までに敵の第一線と第二線を突破したが、第三線で強烈な敵砲火を受け、損害が続出した。のみならず三日朝から、敵の戦車の大群と陣内で遭遇し、ついに軽戦車連隊は約半数の損害を受けて連隊長も戦死した。

右中戦車《ちゅうせんしゃ》連隊は三日朝、第三線を蹂躙して、深く川又方向に突進したが、いま一息のところで敵の砲弾幕に遮られ、川又橋梁を眼の前に見ながら、約三分の一を破壊せられてやむなく攻撃を中止しなければならなかった。

山縣連隊（歩六四）が戦車の後から続き、戦果を確保するはずであったが、歩兵と戦車の協同も不十分なために、せっかく深入りした戦車の後方を固めることができなかったのは、攻撃頓挫の大きな原因であった。

この両日の戦いで、思いがけない失敗を見たのは、敵の陣地前や陣地内部にあった特別の障碍物である。それは、従来見たことのない、ピアノ線で作った蛇腹式移動鉄条網である。戦車

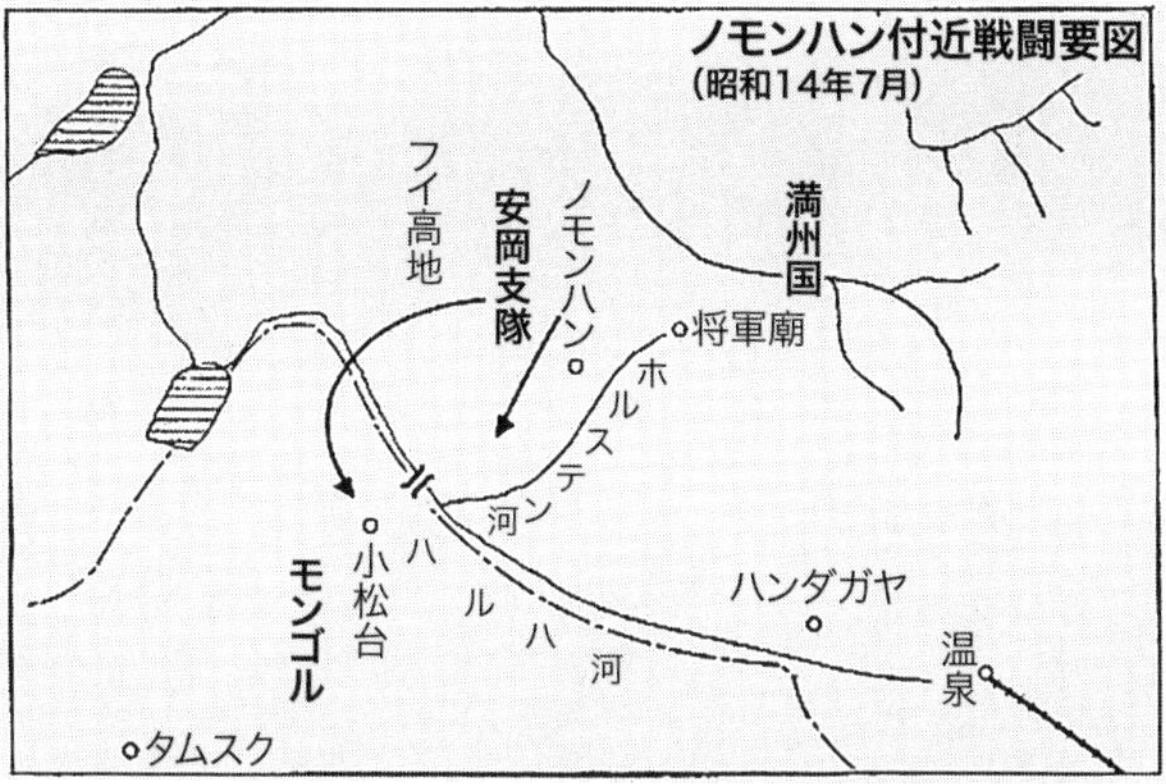

のキャタピラに、蜘蛛の巣のようにからみつき、もがけばもがくほど深く喰い入って、ついに速度を落としあるいは立ち往生しなければならなかった。細い弾力性のある鋼鉄線で、眼にも見えないような霞網に似たこの障碍物は、鉄条鋏で切ることもできず、踏み潰してもたちまち元の形にはね返る。始末に困ったものである。蜘蛛の巣にかかって、身動きできないようなところを、敵の重砲に狙い撃たれて受けた損害は致命的であった。

二日間の戦闘で、軽戦車約三十輛、中戦車約十輛を失った。この正面の戦いで敵に与えた損害は、少なくも六、七十輛を下らず、また歩兵の多数を蹂躙したが、詳しい戦況は不明である。

師団長は三日の晩、左岸から転進した主力を安岡支隊の戦線に増加し、五日朝から攻撃を再開し、約一週間連続戦い抜いたが、ついに右岸の敵に止めを刺すことができないまま、川又橋梁の橋頭堡前に戦線が膠着するに至った。

十一日以後は、疲労と消耗のためについに攻撃を中止し、進出線に陣地を構築して、敵と睨み合ったまま滞陣状態に陥った。

満を持して放った矢ではあるが、ついに金的を射貫くことができなかった。

この戦況を速やかに軍司令官に報告し、新しい手を講じなくてはならぬ。十日夜、師団長に別れ、ハイラルに引き揚げた。兵站宿舎に数時間まどろんでいたが、隣室の騒ぎがひどくて寝つかれない。

土建屋が芸妓《げいぎ》を揚げて、酒池肉林の中に気焔を吐いている。

「戦争が起こったらまた金儲けができるぞ。軍人の馬鹿どもが儲かりもしないのに、生命を捨てておる。阿呆な奴じゃ……」

襖一重のこの乱痴気騒ぎを、ついに黙視することができなかった。大人気ない話であるが、いきなりその室に入って、何も言わず、数名のゴロツキ利権屋に鉄拳を見舞った。

兵隊が一枚の葉書で召集せられ、数年間北満の砂漠に苦しみながら、故郷に残した老父母や妻子に、一円の仕送りさえできず、血戦死闘の戦場で散ってゆく姿を思い、その背後で戦争成金が贅を尽くしているのを見ると、体内の全血管が爆発しそうになるのを抑えることができなかった。これは単にハイラルの狭い範囲だけの点描ではなかろう。
いずれの戦争でも、血を流さずに、金を儲ける者がつきものである。

態勢整理

参謀副長、服部参謀、著者と交替した磯谷参謀長は寺田参謀と共に戦場に進出し、小松原師団の態勢整理を現地で指導された。

安岡支隊は戦車両連隊の半数を消耗して、もはや大きな戦闘力を発揮し得ないことがわかり、また安岡中将を同期の小松原師団長の指揮下に置くことは、屋上屋《おくじょうおく》を架すの不利と認められたので、その編組を解いて、原駐地に帰還し戦力を再建することに命令された。

この一戦で、一挙に越境外蒙軍を撃滅しようと期待したのに、実際においては目的を達し得ず、さらに態勢を整理して敵の再犯に備えねばならなくなった。その原因は敵情の判断を誤ったことである。我とほぼ同等と判断した敵の兵力は、我に倍するものであり、とくに量を誇る戦車と、威力の大きい重砲とは、遺憾ながら意外とするところであった。傍受電報によると、ソ連軍は損害の甚大なことを中央部に訴えており、バイカル以東の病院は負傷者の収容に悲鳴を上げている。我が損害も並々ならぬものではあるが敵はさらに大きな打撃を受けたらしい。勝ち負けなし、引き分けに終わったこの戦場を確保しながら攻勢の再興に応ずる方策が樹てられた。

ハルハ河左岸が右岸よりも高いことは、本質的な差として、両軍の上に現われている。高いところから撃ち下ろす敵砲弾に暴露して、第二十三師団主力を対峙させることは得策ではない。再興のためには重砲を急速に戦場に招致しなければならぬ。

野戦重砲兵第三旅団（第十連隊欠）と、独立野戦重砲兵第七連隊の内地動員が令せられ、その戦場到着までは守勢に立って、極力損害の減少に努力した。

砂漠の戦闘で、一番苦しんだものは飲料水である。幸いに砂地を深く掘り下げると、随所に井戸水が湧いた。崩れ易い砂を板で囲いながら掘って、冷たい水にありついた将兵がどんなに喜んだことか。

無尽蔵に近い敵の砲弾は、朝となく夕となく、惜しげもなしに師団の正面に集中せられ、砂の壕はその都度埋められて、夜間辛うじて補修する作業が、その後約十日間にわたって続けられた。

空中戦は互角の勝負を続けたが、敵は満領内を無制限に爆撃するのに反し、我はハルハ河を越えて爆撃することは、大命で固く禁ぜられている。脚を縛って走らされる苦痛に、飛行隊将兵はどんなにくやしかったであろう。

ああ、東京が怨《うら》めしい。足枷手枷《あしかせてかせ》を外してくれたらと、毎日天を仰いで嘆息する日が続いた。

八　フラルキ爆撃さる

うか。

東部国境方面の監視哨の視た敵情を総合すると、敵はこの全正面において、陣地に配兵を終わったようである。モスクワは、ノモンハン事件をきっかけに全満に戦いを挑むのではなかろうか。

七月中旬になると、ソ連極東空軍は動員されたらしい。

事件を局地で解決しようとする考えは、現地、中央の一致した方向ではあるが、戦争は独り相撲ではない。降る火の粉は払わねばならぬ。作戦室はいま、敵にしかけられた場合の関東軍の全般作戦について頭を絞っている。

全満の風雲急

このような空気の中で、突如として、「フラルキ鉄道橋爆撃されたり」との緊急電報を受けたのは、七月十六日午前三時であった。地獄の釜の蓋も開き、生霊が家に帰るというお盆の日、この凶報は地獄への導きにも感ぜられた。

フラルキといえばチチハルの西側、嫩江《どんこう》に架けられた大鉄橋である。ハイラル方面への鉄道の最重要点が突如として、敵機に爆撃された。ホロンバイルの砂漠に起こった戦火が、大興安嶺を越えて、北満の中心部に拡大されたのである。これでもなお、東京は関東軍に事件拡大の責任があると非難するのか。

投弾は八発で、被害はたいして大きくはなかったが、一般に与えた影響は物的損害の比ではなかった。

全面戦争になる可能性がすこぶる強いとの印象を受けた関東軍は、全満の戦備を強化するため応急派兵と防空下令を実施した。応急派兵とは、命令を受けてから約六時間以内に全軍が出動準備を終えることであり、防空下令とは、全満に燈火管制を令し、民間防空と軍防空とを同時に実施することであり、明らかに戦争状態の宣言である。

ソ連側がすでに積極的に動員し、戦備を全正面に強化している以上、今後情勢の変化によっては大規模な越境侵犯行為をすることが十分予期される。万一の場合に不覚を取ってはならぬ。

草原に待機するソ連軍パイロット

かつて張鼓峰事件のとき、関東軍が朝鮮軍に策応するため、応急派兵により国境に兵力を推進したことが、張鼓峰におけるソ連軍の行動を牽制し得た先例もある。
これ以上、内部に戦火を及ぼすならば、戦争敢えて辞せずとの気構えを現実に示す以外に、ノモンハン事件を局地で解決する見込みはない。中央部は、どんなに驚くことだろうと考えられる。直ちに次のような電報が打たれた。

軍司令官

総長、大臣宛

一、情勢に鑑み軍は満州防衛の完璧を期するため、全満に戦時防空を下令し、且隷下全部隊に応急派兵を下令す。

二、敵機の跳梁をこのまま看過するときは更に満州国の中枢部に対し爆撃を受くるの虞《おそ》れなきに非ず。軍が単に越境敵機のみを迎撃する結果、此の如く軽侮せらるるに至れり。即時外蒙内部に対する爆撃を許可せられたし。

この電報に対する中央部の回答は、冷やかであった。

参謀次長

軍参謀長宛

一、満州内に対する敵の爆撃は、大陸指第四九一号の発令に方り考慮したる状況にして、本事件処理の方針たる局地解決の主義に照し、隠忍すべく、且隠忍し得るものと考えあり。即ち敵の奥地攻撃の企図は、傍受電により薄々察知せられたる所にして、空軍敗戦に伴う窮余の策とも判断せらるる節あり。

　今や地上作戦に於ても、制空権の常時絶対保持を必要とせざる状況となり、最早如何にして事件の自主的打切りを策すべきやを考慮すべき秋《とき》となれり。

　この際、外蒙、ザバイカル一体たるソ連軍に対し、タムスク等の攻撃を行うも、必ずしも貴軍の企図せらるる如き、膺懲の成果を得るの見込絶対にありと称し難く、敵の取り得る対抗策に鑑み、寧ろ事件の拡大する虞れも少からずと判断せらるるを以て全般の情勢上、此種対策は不適当にして、寧ろ満州内の防衛力強化に努力するを可とする意見なり。
　二、大陸指の発令に当りてもタムスク攻撃の報復として、かかる情況の発生は予期の上、敵根拠地に対する我が空中攻撃を行わざる事に定められたり。
　申す迄もなく情況此の如くにして進展せる場合、ソ軍が開戦の決意なき場合に於ても、満州国の体面上忍び難き範囲迄、その爆撃範囲を拡大すること絶無ならず。此の如き場合、国境紛争に引曳られて、帝国が対ソ開戦の決意は為し得ざることを篤《とく》と御考慮になり、彼が紛争の範囲を拡大せば、我も又報復的に之に応ずるの観念の是正を三省せられ、事件の収拾に努力を加えられん事を切望してやまざるなり。

この電報で、関東軍は激怒した。スターリンはさぞかし狂喜することであろう。

「『隠忍すべく、且隠忍し得るものなり』とは何事か」

「『隠忍すべく』とは誰が隠忍するのか」

「新京までも攻撃されて隠忍するとき、満州国はどうなるのか」

「これが大本営の打つ電報か」

等々、作戦参謀の憤慨は極度に達した。

かくて中央部と出先、東京と新京とは、到底融和一致して事件を処理する曙光《しょこう》さえ見出し得なくなった。

骨は硬し磯谷参謀長

七月十八日、参謀総長から軍司令官に対し、軍参謀長を上京させよとの電報を受け取った。戦況がどう変わるかわからない重要時機に、参謀長が数日不在になることは適当ではない。シナ方面の作戦においてさえ、参謀長を上京させるようなことは一度もなかった。「必要とあらば、参謀次長が現地に来るべきものである」とて全幕僚は反対の意見であったが、磯谷参謀長は、「むしろこの機会に上京して、大臣、次長と十分意見を交換すべきだ」との意見であり、軍司令官もまたこれに同意された。

随行幕僚を誰にしようかとの問題が起こったが、従来中央部では、「関東軍の行動は一部の下級幕僚が下剋上で、上級者を引きずっているとの印象がある」と噂されており、この際はむしろ参謀を帯同せず、副官だけにして軍参謀長自ら所信を堂々開陳し、関東軍が上下一体である事実を認識させようと決定された。

七月十九日着京した参謀長は、「明二十日関東軍の実情を聞きたい」との連絡に対し、「今度の上京は大臣、次長（総長は閑院宮）と意見を交換するために来たから、他の部長以下とは会談したくない」と希望を述べられた。

翌朝、参謀本部に出頭すると、次長、次官、第一、第二部長、第二、第六課長らが一室に参集している。奇異の感に打たれながら会議室に入ると、あたかも被告を取り調べるような空気であった。

その席上で参謀長は、

一、国軍としてはシナ事変の解決を以て第一義とすべく、この間対ソ戦争を誘発しないように努める気持ちは関東軍の終始変わらない意見で、この点は完全に中央部の考えと一致している。

二、全般的意見はその通りであるが、ノモンハン事件の処理に当たっては越境したソ連軍に徹底的打撃を与えることが肝要で、これによって初めて対ソ紛争不拡大を期し得るものである。もしこの事件で軟弱な態度を示したならば戦面は拡大するであろう。

三、その意味において、ハルハ河右岸を確保することは絶対必要である。

四、ソ連は全面戦争を企図しないものと判断する。故にこの際日本が断乎たる決意を示すと同時に、ノモンハン方面において徹底的打撃を与えたならばソ連を屈服させ、将来再び国境紛争を惹き起こさないであろう。

五、ノモンハンの終局をして張鼓峰事件の轍を踏ましてはならぬ。

六、タムスクに対する爆撃は、ソ連が先にカンヂュル廟、アルシャンなどを爆撃したことに対する当然の報復である。我が航空部隊の現状に鑑み速やかにこれに対する認可を与えられたい。

と、堂々軍の所信を披歴《ひれき》した。

説明が終わると、参謀次長は立って、次のようなノモンハン事件処理要綱を磯谷参謀長に手渡し、「これは省、部一致の意見で、参謀総長の決裁を受けたものである」と説明した。

ノモンハン事件処理要綱
大陸命第三二〇号及大陸指第四九一条に基づき本要綱によりノモンハン事件を収拾す。
本要綱に拠り難き情況発生せる場合の対策は臨時之を定む。
　方針
事件を局地に限定する方針の下に、遅くも本冬までに事件を終結するに勉む。
　指導要領
一、地上作戦に於てはハルハ河右岸地区の敵を掃蕩《そうとう》するに勉む。
この間所望の戦果を得るか、外交商議成立するか、然らざるも冬季に入らば機を見て兵力を事件地より撤去するに勉む。
爾後ソ軍が係争地区に侵入する場合に於ても、情勢之を許すに至るまでは再び地上膺懲の作戦を行わず。
二、航空作戦に於ては越境機の撃墜を方針とし、且戦力の保持に勉む。敵機の満領爆撃を行う場合に於ても、その根拠地に対する進攻作戦は行わず。
三、作戦の推移に応じ好機を捉え、速に外交交渉の端緒を把握し、国境劃定《かくてい》又は非武装地域設定等の商議に導入するに勉む。国交断絶を賭する外交交渉は行わず。
四、対英及三国協定問題を速に解決するに勉む。
五、本事件処理の間、厳に爾他の国境に於ける紛争の発生を避く。

これに対し磯谷参謀長は、

「要綱の方針については大体異存はないが、その他については軍として同意できない点が多く、とくに要綱一の第二、第三の如きは適当でない。軍は飽くまでハルハ河右岸地区を確保することが肝要と思う。またこの航空作戦の項は適当ではない。

参謀本部側は、ソ連側の主張する国境線外に撤退せよと述べられるが、軍としては紛争未発の地ならばいざ知らず、すでに数千の英霊を犠牲にした現在、ハルハ河右岸地区を放棄することはできない。中央が飽くまで撤退せよと言われるならば、国境はハルハ河の線であるとの中央部従来の主張を変更せられる所存であるか」

これに対し、橋本第一部長は、

「変更してもよい」

磯谷参謀長は色をなして、

「この変更は重大な事項である。一部長の意見ですぐに軍がこれに基づき行動することはできない」

次いで中島次長は、

「国境変更はこの席上すぐに決定し得ない」

と釈明して、第一部長の発言を抑え、陸軍次官もまた、

「国境の如何は政策に関する事項であるから参謀本部の一存では決定し得ない」

と述べて意見を保留した。次いで第二課長稲田大佐が立った。

「張鼓峰事件は中央部の希望通りになったもので、誠に理想的解決と考えているが、今度の事件は関東軍が中央の意志に反してやるので困っている」

磯谷参謀長曰く、

「張鼓峰事件の解決が理想的だとは何事か。ソ連は事件当時よりさらに越境しているではないか。関東軍はこの事件の終局を以て最も屈辱的解決であると考えている」

大本営を相手に、一歩も正論をまげず、堂々軍の所信を開陳して譲らない。

参謀次長は何とかして前記の処置要綱を押しつけようとしたが、磯谷参謀長は軽く受け流し、「案」としてならば参考のために持ち帰ろうと言って、鉛筆で、表紙の上に「案」の字を太く書き込んだ。

「『案』では困る。総長殿下の決裁を受けたものである」

と押し問答となり、結局、

「研究しましょう」

と述べて軍に持ち帰った……。

軍司令部では、参謀長の報告に基づいて、軍の採るべき態度について研究し、

「このようなものは参考資料にもならぬ」

「軍を拘束しようとするならば、堂々大命か正式の指示でやるべきである」

と、少壮幕僚の憤慨もあったが、いまさら喧嘩を蒸し返しても大人気ないとのことで、この上電報または書類で意見を述べることをやめ、黙殺の態度を採った。

磯谷参謀長は硬骨、気節を以て、進退を律する武将であった。堂々所信を述べて、一歩も譲らず、「消極退嬰はかえって事件を拡大するものである」との見解を一歩もまげなかった。

その態度は、関東軍全部の態度であった。

朝令暮改

　地上作戦の成果が期待に反して不徹底に終わり、受け太刀となったのに反し、航空部隊は事件発生以来、偉大な戦果を挙げている。

　しかし、脚を縛られて戦わねばならぬ条件は、疲労の累積となり、消耗の続出となって、すでに六十名近くの精鋭操縦者を失った。このままで推移したら、将来に恐るべき欠陥を免れない。

　地上においては、すでに五千人の死傷を生じている。これをよそに見て、航空だけを温存することは許されそうにもない。この不利から脱却するためには、進んで敵機を根拠地に急襲する以外に途はない。幾度か軍司令官の名を以て中央部に具申したが相手にされなかった。

　参謀本部から航空主任谷川中佐が戦場視察のため派遣せられ、次いで島村参謀が出張した。

　僅かに一両日の視察の後に、両参謀から参謀総長に具申した意見

帝国陸軍の撃墜王、篠原弘道少尉；58機を撃墜するも8月27日戦死

は次の通りである。

島村参謀

参謀本部作戦課長宛

一、最早航空戦力の保持上自衛のため外蒙内、敵の航空根拠地に対し進攻を行うの止むを得ざるに当面するものと判断す。

二、敵の対日戦意ないしは事件対応方針に関する諸情報に照し、事態拡大の危険は従前に比し減少しつつありと考慮す。

三、処理要綱起案後旬日ならずして意見を変更せざるを得ざるの状況に直面し自責の念に堪えず。

七月二十九日及び八月二日の両日にわたり、敵機は我が制空の間隙に乗じ、将軍廟付近の我が飛行場を急襲し、飛行第十戦隊及び第二十四戦隊は甚大なる損害を蒙り、関東軍前任高級参謀安倍大佐は第十戦隊長として壮烈なる戦死を遂げた。あの峻厳な安倍さんの顔が、血に塗れて愛機と共に草原上に横たわった。

戦死の二、三日前、興安大路の官舎に夜訪問したが、事件の前途を憂慮しつつ談深更に及んだとき、玄関までわざわざ見送り固く手を握って、「自重してやれよ」と弟を励ますように言われたのが、まさか死別を兼ねようとは思いもよらなかった。

その翌日、大佐は部下の偵察戦隊を率いて第一線直後の将軍廟飛行場に出動し、積極果敢に戦場捜索に、戦略偵察に、文字通り寝食を忘れていたとき、二十九日正午頃、数十機の敵戦闘機が突如として飛行場を急襲し、地上にあった偵察機に襲いかかった。

壕内にいた大佐は素早く愛機に飛び乗り、離陸して自ら機関銃を取って空中戦闘を交えたが、たちまち数機に狙われ、銃を握ったままで壮烈な戦死を遂げたことは、軍司令部の上下に大きな衝撃を与えたのである。永年参謀本部で敏腕を謳われ、関東軍に転じてからは、二年を出でずして軍の対ソ戦備を刷新した安倍さんが……。嗚呼、大きな犠牲である。この人は陸軍の運命を左右する器であったのに――。

谷川、島村両参謀も、さすがに安倍さんの死には沈痛な悲しみを湛えている。

八月七日、次のような電報を受領した。

大陸命第三三六号

命令

一、関東軍司令官はノモンハン方面作戦のため状況已むを得ざればその航空部隊を以て概ねタムスク付近及その以東に於ける敵航空根拠地を爆撃することを得。
二、細項に関しては参謀総長をして指示せしむ。

右の命令と前後して、参謀総長からは、

一、大陸命令第三三六号実施の結果敵が満領内深く爆撃を行うこと絶無なりと言うべからず。
その際に於ても空中爆撃の範囲若しくは、その他を拡大せざることに関しては深く留意相成度。

関東軍司令官の名を以て数回にわたり意見を具申し、参謀長上京して、面《おもて》を冒し理を尽くして説明したのに、軽くあしらって採用しなかった意見が、若い参謀本部部員が僅かに一両日の戦場視察の結果によって、陛下の下された命令を根本的に変更する態度こそ、下剋上の尤《ゆう》たるものではなかろうか。結果的に見れば関東軍司令官に対する信頼が、一少佐参謀に及ばなかったものとなるではないか。

飛行集団はこの命令によって勇躍したが、当時飛行部隊の疲労ようやく加わり、実行のためには相当の準備を必要とした、のみならず天候の関係によって期日が次第に延び、八月二十一日に至って初めてマタット及びタムスク付近に進攻した。第一次タムスク爆撃に劣らない兵力で、約九十機撃墜の戦果を挙げたものの、我もまた十数機を墜とされた。

それは敵の抵抗と準備とが、日を逐うて増大した結果である。

再び火蓋を切る

東久邇宮盛厚王

第二十三師団は、七月中旬から一部でカンヂュル廟、フイ高地、ハンダガヤ付近を占領し、主力をホルステン河両岸地区に保持して堅固に陣地を占領し、兵力の消耗を避けつつ内地から増加された重砲を戦場に展開し、攻撃の再興を準備していた。
野戦重砲兵第一連隊（十五センチ榴弾砲二十四門、連隊長鷹司大佐）の中隊長として、東久邇宮盛厚《もりひろ》王殿下が親しくこの激戦場に参加されたことは、全軍に大きな精神的威力を加えた。

砲兵の展開を終わり、弾薬も十分集積したので、七月二十二日、全火砲を挙げて敵砲兵を制圧して歩兵主力はハルハ河右岸の敵の橋頭堡を攻撃した。このときばかりは戦場の我が砲声が敵を圧倒しているかのようにさえ感じたが、間もなくハルハ河左岸には、続々敵砲兵が増加して、彼我の火力はやがて互角になり、午後にはかえって敵が優勢にさえなった。

この一戦で、右岸の敵を潰そうと競い立ったものの、夕刻には僅かに第一線を推進しただけで、再び戦線は、敵陣地の前で膠着してしまった。

殿下は戦場御到着以来、中隊長として将兵と共に敵砲弾の中に勇敢に戦闘を指揮せられ、その中隊の射弾は見事に川又橋梁に命中して、空中高く橋板を吹き飛ばした。

二十四日朝の敵砲撃は、我が重砲陣地に集中されて、殿下に付いていた宮内属官が大腿部に重傷を受け、殿下も頭からその血を浴び、砂塵に半身を埋められるほどであった。

恐らく皇族として、この激戦に、この戦場で散ることさえ覚悟されていたのであろう。

八月の異動で、阿城重砲兵連隊に転補の命令を受けられ、戦局の終末を見ずに戦場を去られねばならなかったときの御気持ちは、どんなに御苦しかったことだろう。

人事当局としては、万一のことがあっては申し訳ないという気持ちが強く動いて、戦いの中途に御転任させたのであろうが、殿下としては、いま少しく戦場の体験を味わわられることが強き御希望であったであろうに。

第二課（情報）の判断によると、八月中旬には敵は攻勢を取るであろうとのことである。

その根拠になったものは、

一、ハルビン機関の特情によると、赤軍本部から政治部宛の電報によれば現地司令部の再三の延期要求を斥けて、八月五日から十日の間に攻撃を始めよと命じたこと。
二、敵の現地指導官は準備未了を理由とし攻勢開始の延期を申し出たこと。
三、補給困難のため敵は悲鳴を上げている、その補給関係者がチタに会合し協議している。

などであり、これらを総合すると、敵の攻勢は八月十四、五日頃だろうとの判断であった。

皮肉なことに、敵の現地指揮官がいつでも弱音を吐いているのに、後方の司令部は激しい督戦を加えている点で、これは我が第一線と、東京との関係と全く反対の現象であった。

ノモンハン事件を大規模に積極的に指導したのはクレムリンであり、これを消極的に退嬰的に収拾しようと焦ったのは東京である。

第二十三師団の、七月二十三日の攻撃が頓挫したとき、敵の八月攻勢に、どうして備えるかは最も苦心した点である。

この事件は、越冬を覚悟しなければならぬ。酷寒零下五十度の砂漠に、一万数千の将兵を越冬させることは、補給上から生易しいものではなかった。とりあえず、陣地構築材料を豊富に師団に交付し、約一カ月の持久に耐える弾薬と糧秣を集積する。井戸を掘り給水の準備を整えたり、あるいは冬営の材料を追送したりする仕事は、戦闘以上に将兵の重い負担であった。

万一ソ連が全面戦争を決意する場合をも考えて、全般の作戦計画を樹てねばならぬ。

軍司令官が、敵の攻勢に対して最も懸念されたところは、

一、敵が我が右翼フイ高地方面または最左翼方面から包囲的に攻勢を取る公算が大きい。この際は第二十三師団の陣地を支点として、敵の外翼に向かって逆襲するが、万一敵が正面より一地区毎に絶対優勢な兵力で逐次侵蝕する場合、現在の兵力で満足し得るか。

二、このために第七師団を増加する必要はないか。少なくもハイラル付近まで推進しておく必要はないか。

とのことであった。参謀長も副長も同意見であり、この心配は事実において、全く的中したのである。幕僚の考えがこれに及ばないで、第七師団を平時の計画通り東部正面に備えるために動かしたくないとの考えと共に、後方の補給能力が十分でないことを理由として、この処置を躊躇したことは、現実において大きな失敗を重ねる原因となった。

大局に立った老将（＊植田軍司令官）の、「東部正面に戦火は拡大せず、現場の対策に最大限の兵力を集中するように」との注意を重視しなかった点は、何とも申し訳ない次第である。結局第七師団から一連隊だけを増加することと、第二十三師団に兵員を補充することとが、八月攻勢に備える準備であった。

この頃、モスクワの駐在武官より、次のような意見を電報してきた。その趣旨は軍で考えていたこととほぼ一致するものであった。

モスクワ武官

軍参謀長宛

外蒙事件に関し、左の如く意見を具申す。

判決

一、我はハルハ河より適宜離隔せる位置に至短時間に最も堅固なる陣地を構築す。

又国境監視隊に対しても永久に之を確保し得る如くし、敵の回復攻撃企図を放棄せしむるを要す。

二、対国内政策を断行するを要す。

理由

一、対ソ情勢判断は今日に至るも変化なく、ソ軍は益々対日戦備の強化並に外蒙国境の回復に専念すべし。

即ちソ連当局が屡々声明せる所に鑑みるも特に対外蒙政策、対異民族政策、対内政策上より見て、今次事件の政治的意義を重視しあること明かにして現在の如き状態を以て推移せんか、時に緩急あるべしと雖も消耗戦はいつまでも続くべし。

尚張鼓峰事件の全面的勝利を益々大々的に内外に宣伝誇示しつつあるに拘らず、今日まで外蒙事件に関し未だ大なる宣伝をなさざるは、我が軍の闘志衰えず勝敗不明、しかも戦面拡大の公算絶無に非ざるためにして、一度休戦を欲し或は現地より引揚ぐるに於ては張鼓峰事件同様、俄然大いに宣伝に転ずるものと判断せらる。

二、果して然らば、現状を以てする消耗戦の続行は迅速の解決を期するを得ず。又張鼓峰の如く撤退せんか、彼の最も欲する所にして再び我が足下を見透され、且張鼓峰事件に数倍する宣伝効果を挙げしむるのみならず、益々我を戦争不可能と誤りて判断せしむるに至るべきを以てなり。
この際我の採るべき最良の手段は、之以上大規模の消耗戦を避け、しかも国境確保に関し確固たる我が決意を示し得る地域毎に、堅固なる築城を迅速に設置し敵の蠢動に対しては断固たる一撃を加え得る態勢に於て持久し、敵をして遂に我との抗争を断念せしむるにありと判断す。

雲烟《うんえん》万里を隔てたモスクワの端から、遠くホロンバイルの空を望んで、関東軍の善戦健闘を心から祈ってくれている駐在武官の心中は、どんなに苦しかったであろう。

九　第六軍の戦場統帥

最後の攻勢

八月十日、第六軍の編成が命ぜられた。全満を指揮する関東軍が、いまや西正面の一角に全神経を集中し、ともすれば全軍の統帥を誤りそうに見える。

第二十三師団長が、全戦場を自ら指揮することは到底その任ではない。

新しい軍の陣容は次の通りであった。

軍司令官　陸軍中将　荻洲立兵
軍参謀長　陸軍少将　藤本鉄熊
高級参謀　陸軍大佐　浜田寿栄雄
作戦主任　陸軍少佐　平井重文
後方主任　同　岩越紳六
情報主任　同　某

荻洲中将はシナ戦線で第十三師団長として戦い、徐州会戦に経験があり、藤本参謀長は航空出身の逸材であった。

　第二十三師団が五月中旬以来、新編の弱体を以て困難な戦場統帥に当たったので、軍参謀は植田将軍の意志により、絶えず戦場に交互に出張して師団の戦闘を援助してきたが、すでに第六軍が編成された以上、関東軍としてはその地位を尊重し、干渉がましい態度に出ないよう注意を払い、もっぱら連絡の任務に限定された。

　八月十三日、新軍司令官は戦場に進出し、将軍廟に司令部を置いて、次のような報告第一号を打電してきた。

　関東軍司令官宛
　　　　　　　　　　　　　　　　第六軍司令官
　一、小職本十三日戦闘を視察す。将兵志気極めて旺盛なり。
　二、敵は連日小規模ながら出撃し、特に砲撃及飛行機による対地攻撃を反復しあり。
　三、軍は局部的反撃を避け速に築城及冬営準備を完成し、以て其後に於ける攻勢の弾撥力を培養せんとす。

　未だ戦場に不慣れの新設軍司令部を以て、この困難な戦場の指揮に当たらせることは、何としても気の毒である。勝ち誇った戦場ならばともかく、破れそうな茅屋《かやや》を、雨漏りのままで譲ることに限りない責任を感じたのは植田将軍以下全員の気持ちであった。

事件が起きてから、参謀本部の直接責任者たる次長がまだ一度も満州に来ないことは、不快なことである。

「関東軍は内外二正面作戦をしている」とまで漏らさざるを得ない状態にあった。事件が起こってから、第一部長と有末、谷川中佐、島村少佐が、一、二日出張しただけで、次長も、作戦課長も全く姿を見せない。植田軍司令官からたびたび次長の来満を希望したものの、ついに拒絶された。

「目下の情勢上、貴軍司令官の御希望に副うことは差当り困難なるにより、次長の現地派遣は行われざるにこと定められたるにつき御伝えを乞う」

このようなことは誰が定めたのか。次長は自ら来満するの勇気なく、責任を恐れたものと断ぜざるを得ない。

しかもこの電報の発信せられたときに、敵の八月攻勢は空前の規模を以て火蓋を切ったのである。

第二課の情報判断で、八月十四、五日頃敵の攻勢があることは、十分予期していたのであるが、その規模及び兵力は全く不明であった。

まさかあのような大兵力を、外蒙の草原に展開できるものとは夢にも思わなかった。第二十三師団の陣地を固め、戦力を補充し、重砲と第七師団の一連隊を増強すれば、十分対抗できるものと信じていたのである。作戦参謀としての判断に誤りがあったことは、何としても不明の致すところ、この不明のために散った数千の英霊に対しては、何とも申し訳ない。

敵は八月九日から十日にわたり、川又方面からホルステン河両岸地区の我が陣地正面に、有力な歩砲兵戦車を以て逆襲し来たり、我が軍はこれを陣前に迎撃して破摧し、敵は約五百の屍体を棄てて退却し、我が方の損害は六十名内外だった。陣地による戦闘の利益を初めて感じ、自信を以て守備に任じた。ただしこれは八月攻勢の規模としては余りに小で、たぶん前哨的偵察戦であろうと判断した。

ソ連軍最高指揮官ジューコフ中将

八月二十一日朝、次の電報を受領した。

軍参謀長　　　　　　　　　　　　　　第二十三師団長

一、本朝来敵の戦勢頓《とみ》に活気を呈し殆んど全正面に亘る戦場に転移せり。

二、ホンジンガンガの北警備軍正面に於ては敵は歩、騎兵約千、戦車五十、砲十数門の展開を終り十二時攻撃前進し、更に主力を以てガロート湖（将軍廟西方約四里）に於て渡河を実施せり。

すなわち師団の最右翼たる満軍騎兵は鎧袖一触されて敗退し、敵は外翼より将軍廟方面に進出を企図しているようである。

次いで第六軍司令官より、次のような電報を受領した。

第六軍司令官

軍司令官宛

二十日以来の戦況より判断するに第二十三師団正面に現出せる敵の第一線兵力は少くも狙撃二師団及機械化部隊にして、目下に於ける重点はホルステン河南方地区にあるものの如し。

最右翼を突破せられた前線から、いまやまた最左翼ホルステン河南方に、敵の重点があるとの報告に接したのである。

これはまさしく全面攻勢である。我が両翼を包囲しようとする敵の兵力は、到底二師団程度ではなかろう。第二線兵団を加えると、三〜四師団に達するであろう。従来の戦況より判断すると、戦車は少なくも四〜五旅団を超える。

第二課の判断は、狙撃二ないし三師団、戦車二ないし三旅団であったが、現実においては、まさに二倍の兵力と見做さねばならぬ。

敵の後方連絡は鉄道の端末から、約百五十里の自動車輸送によらねばならぬ。傍受電によれば敵は著しく補給に困難を感じているらしく、従って使用兵力には、勢い限度があるものとのみ考えていた。

しかし、我が陣地設備は、これを予期して相当の強度に達し、第七師団の森田部隊（予備隊）もすでに将軍廟付近に集結中であり、第六軍の戦場統帥もようやく慣れてきたから、思う存分の戦いができるであろうとの期待を持っていたのであった。

二十日、二十一日における敵空軍の活動は、すこぶる活気を呈し、制空権は果たして我にあるかどうか疑わしい。

八月二十一日を期して、タムスクに第二回目の大爆撃を加え、敵機約九十機を撃破したが、我もまた数十機を失い、ようやく疲労を感じてきたようである。

二十一日以後の敵機の活動状況は、従来と戦法を変えたらしい。すなわち数機の小編隊を以て頻繁に我が戦闘隊の制空間隙を突破して、地上作戦に参加を主とするようである。

これらを総合判断すると、敵は全力を挙げて、最後の攻勢を開始したものと見なければならぬ。

第六軍方面からは、まだ何らの悲観すべき報告は受けておらぬが、敵の攻勢兵力が意外に大きい場合を予想して、第七師団主力をハイラルに推進し、また第三、第四軍正面から速射砲八中隊を抽出してハイラルに送り、第七師団長の指揮下に入れられた。

第六軍の戦場感覚は楽観的であった。その空気は、次の電報によっても知ることができる。

軍司令官宛

第六軍司令官

一、敵は重点なく両翼包囲を企図せるも迫力微弱なり、その砲撃も本二十三日午後を以て峠を越えたり。

軍はその左翼方面を爾後の企図のため自主的に後退せる外各方面共陣地を堅持しあり、御安心を乞う。

二、明二十四日予定の如く一撃を与う。

三、敵の後方擾乱《じょうらん》は実質的には軽微にして全く問題とするに足らず。

四、敵の砲撃による我が損害稍々多きが如きも将兵の志気頗《すこぶ》る旺盛なり。
五、予は二十日以降戦場にありて戦闘指導の任務に就きあり。

まさに敵を呑むの概がある。第六軍は新設匆々で、まだ敵の御手並を拝見していないための楽観であるとは思ったが、そう感じながらも、不思議に自らもまた慰めるような気持ちになる。しかし、植田軍司令官は、この攻勢をすこぶる重視し、第六軍は不慣れであるからと、矢野副長と著者を戦場に急派すると共に、第七師団を至急ハイラルに推進せよと指示された。

老将の心中には未発に察する（＊予感）の明があった。副長と共にハイラルに急行したのは二十三日正午である。ところが将軍廟以南の戦場には、敵の戦車が出没して、自動車の通過ができないとの情報が急であったので、矢野副長には情況が判明するまで、しばらくハイラルで各方面との連絡やら、逐次到着する部隊の指導をお願いし、単身スーパー機に便乗して南進した。将軍廟付近の上空で、前方に数機の敵の戦闘機を見出し、危うく射ち墜とされそうになったのをかわして、森蔭の草原に不時着し、付近を通りかかったトラックに便乗して進んだ。

単車の通過さえ見逃さないほど、敵の戦闘機は跳梁している。たちまち発見されて、銃撃の雨を浴びせられた。辛うじて下車し、路傍の草原に頭を突っ込んで避ける。また南進を続けると、今度は右側方面から突然敵の戦車の砲撃を受けた。

砂丘の間から四、五輛の戦車の砲塔が見える。もはや自動車の通過は許されない。徒歩で将軍廟南方の第六軍司令部に辿り着こうと、砲撃を潜りながら草原を前進する途中、負傷者が血まみれになって倒れている。その中に、上半身紅に染まっている一人の老兵があった。眼は窪み、無精髯が五、六分も伸びている。白髪の混じった髪も一寸ほどで、顔は乾いた汗の白い結晶と、黒い砂塵で塗り潰され、呼吸するのが精一杯の力である。歳は四十に近い老兵で、肩には上等兵の肩章がついていた。訴えるが如く怨むが如く、か細い声で、

「参謀殿！　戦車に負けないような戦さをして下さい……」

胸がしめつけられるような気がする。

「ああ、すまなかった」

この姿を家族が見たらどんな気がするだろう。

七月上旬の戦闘では、兵隊たちは喜び勇んでガソリン瓶を持ち、敵の戦車を焼きまくったのに、今度は何を投げても焼けないらしい。

軍司令部に顔を出すと、天幕の内では荻洲中将、いましもウイスキーを傾けている。

「やあ、御苦労、君一杯どうかね、前祝いに」

景気のよい空気である。

砂丘の蔭に、偽装された天幕がある。幕僚は地図を広げて、明日の攻撃移転を練っていた。すなわち右翼方面では山縣連隊と騎兵隊と、重砲の半分で敵の攻撃を喰い止め、師団主力をホルステンの南方に転用して、左翼方面から敵を攻撃しようとするのである。

藤本少将以下自信満々、明日は必ず大戦果を挙げて、敵の主力を撃滅しようと考えている。

しかし、この自信は、まだ多分に戦場に慣れない図上戦術的態勢に、自ら慰められたものではなかろうか。

久しぶりに第七師団の旅団長森田少将を戦場に訪ねた。懐かしい同郷の先輩であり、参謀本部で永年動員業務に練達された人であるが、戦場体験は初めてである。

小さい天幕の中に、蝋燭《ろうそく》の光で地図を按《あん》じている。

「やあ……しばらく……。いま師団から明朝の攻勢移転の命令を受けたばかりでねえ……」

さも忙しそうに、旅団命令を起案中である。

明日の攻勢移転を、その前日の夕方、こんなに遅く知ったのでは心もとないものだと感ずる。

連隊長に命令を伝え終わったとき、夕食が運ばれた。飯盒《はんごう》に盛られた炊き立ての飯と、梅干一つと沢庵が二、三切れついている。この戦場では勿体ないほどの御馳走だ。箸を取りかけたとき、サイレンがケタタマしく響くと共に、超低空で飛来する敵機の爆音と共に、激しい機関銃声が間近に聞こえる。天幕の片隅に旅団長用の防空壕が掘ってある。その中へ蝋燭を吹き消して素早く飛び込み、弾丸を避けるのである。

昼はもちろん夜までもこのように執拗《しつこ》く、地上攻撃を加えてくる敵機であった。明らかに制空権が敵の手に握られている。

戦場は遠近に銃砲声が聞こえている。しかもほとんど一方的に敵の銃砲声である。しばらく着のみ着のままで図嚢を枕にまどろむ中に不寝番に呼び起こされた。三時を過ぎていた。部隊は粛々として動き出した。敵に覚られないように、一切の火光を消して攻勢移転の持場につくところである。

東天がようやく明るんだ頃、師団長が幕僚と共に乗馬で戦場に現われた。その一行に混ざって部隊と共に予定の展開線につこうと急いだ。夜明けまでに一切の準備を終わるはずであったが、命令が遅かったために間に合わなかったそうである。だがこの齟齬は幸いにして濃霧で補われた。戦場一面を蔽う乳白色の幕に身を包まれて、部隊は黙々として展開線についているとき、突然、司令部に一人の中尉が駆け込んできた。大声を上げて、

「師団長閣下、報告！　フイ高地全滅ッ」

何たる幸先の悪さであろう。

いまや師団長が主力を挙げて敵に攻撃を開始しようとするとき、不謹慎にも大きな声で、師団の右翼拠点フイ高地が全滅したとの凶報を伝えるとは――。たとえそれが事実としても、手段はあるはずだ。

「馬鹿ッ、何が全滅だッ、お前が生きとるじゃないかッ」

袖を捉えて草むらの中に入れた。諄々《じゅんじゅん》として報告の軽率を戒めた。

この中尉は、弾丸を車に積み夜半頃フイ高地に入ろうとしたが、周囲を敵の戦車に囲まれて入ることができなかった。付近にいた一人の負傷兵から聞いた、連隊長井置中佐以下全員やられたらしいとの話を、そのまま報告したのであった（実際は井置中佐以下半数が囲みを破って後方に退却したのである）。

師団長も藤本参謀長も、右翼に受けつつある敵の重圧に心を押さえられながらも、左翼方面の攻撃で取り返そうとする気持ちが固い。

第一線の展開は午前十時頃ようやく終わった。右第一線は小林少将の指揮する第七十二連隊であり、左第一線は森田少将の指揮する第七師団の歩兵第二十八連隊と独立守備隊一大隊であった。

戦場を蔽っていた濃霧はすっかり晴れた。舞台装置が終わり役者が出揃って幕を開けられたような気がした。

第一線、殊に小林少将の右第一線は勇躍前進を開始した。正午前後には小松の点在する砂山の敵陣地に突入するのが双眼鏡で手に取るように見える。確かに成功したらしい。師団長以下その後方に散開隊形で敵の機関銃弾を避けながら前進する。足もとに無気味な音を立てて、砂中に喰い込む弾丸がしばらく司令部の前進を停めた。

草原に伏せて戦況の進展を待っているとき、弾の激しい中を第一線からノソリノソリと歩いてくる一人の将校がある。駆歩もせずに何という大胆な、むしろ馬鹿な奴かと見ているとそれは師団参謀の伊藤少佐であった。小林部隊に随行して戦況を視察中の後方主任参謀である。顔は蒼白で声も低い。

「まだ陣地は取れません、やられました」

よろめきながら草原に腰を下ろした。見ると参謀肩章が弾丸に中《あた》ってちぎれ、上衣の下半分は紅に染まっている。右胸部貫通であった。口から血を吐く相当の重傷であるにもかかわらず、よく一人でここまで歩いてきたものだ。早速伝令で師団長の乗用車を呼び寄せ、無理に伊藤参謀の身体を押し込めて後方に帰らせた。別れるとき、蒼ざめた冷たい手で握手しながら、

「辻さん、すみません。第一線に水を送る手筈をしてありません」

と、後方主任参謀として、灼熱の砂漠で激戦している第一線がどんなに水を欲しがっているかを心配していた。

この若い参謀は後方補給の任務であるのに、最前線に進出して重傷を受けながらも、第一線将兵から水の補給を訴えられた責任感で、重傷も忘れていたのであった。その責任感には頭が下がった。

攻撃を指揮する日本軍将校

師団長以下の停止した地点は、敵方に降っている斜面で敵陣地から約千メートル離れている。小銃弾も機関銃弾も砲弾も、遠慮なく集注するが身を隠すべき一本の小松さえない。砂地の上に薄く生えた芝草があるばかり。その位置にとりあえず、円匙《えんぴ》で壕を掘りかけた。各人が僅かに身を入れるだけの浅い蛸壺である。退がることも進むこともできない地形であった。まだ壕を掘り終わらないときに、突然数十機の敵の爆撃機が地上スレスレの低空で司令部を襲った。爆弾と機関銃弾で辺りは一面に砂煙で包まれる。一波去ってまた一波が襲ってきた。今日はやられるかも知れぬ。運を天に委せ図嚢を枕に仰向けになって草原の上に寝る姿勢を取った。敵機の窓から顔が見える。機上からの機関銃弾もこの位置に注がれた。仰向けに寝るのは地上からの弾丸には安全ではあるが、空中からの射撃には被弾面が大き過ぎるような気がする。だが、空地両方面の弾丸に対して適応するような姿勢はなかった。

約十分間、砂煙の中に冷汗かきながら撃たれた。どうにか空からの銃爆撃を免れた途端に、右第一線付近から溢れ出た敵戦車約十輌が、横隊で砂を蹴って司令部の方向に突進してくる。今度はいよいよ駄目だ。覚悟を決めていたとき、勇敢にも野砲一中隊が師団司令部を掩護するために駆けつけて前方約百メートルに砲列を敷いた。距離五百……四百……三百……。四門の大砲が中隊長の一号令で直接敵戦車を照準して撃ち出した。たちまち先頭戦車が真っ赤な火を吐き、次がまた煙に包まれた。約二十分の戦闘で四輌を炎上させたとき、敵は餌物に断念したか後方に退がっていった。

壕がようやくできあがった。辛うじて身を入れるだけの蛸壺である。

太陽は仮借もなく猛威をふるい草原には燃えるような陽炎《かげろう》が立っている。水筒一本で朝から辛うじてのどを湿《うる》おしてきたが最後の一口だけは残しておいた。

左右の第一線からは朝から一回も報告がない。電話線が途中で切られているらしいが、補線兵さえ動けないほどの弾である。

午後四時頃だろう。突如、後方の上空から爆音が聞こえると、間もなく軽爆数機の編隊が現われた。よく見ると確かに友軍機である。しかし何ということだろう。司令部の頭上に十数発の爆弾を投下し、自動車は吹き飛び人は跳ね飛ばされた。師団司令部の自動車班が完全にやられ十名近い死傷者が日の丸の飛行機でやられた。朝から敵機のみに散々たたかれているとき、手をたたいて喜んでいたその友軍機からの盲爆を受けた。地上の攻撃は成功せず腐り切っていたところへ、この誤爆に司令部は色を失っている。

約一時間の後に、友軍軽爆機一機が低空旋回して司令部に通信筒を落とした。その中には、「先刻は誤爆して誠に申訳なし。深くお詫び申上ぐ。軽爆中隊長某大尉」。これでようやく憤慨が納まった。

間もなくこの軽爆編隊は第二回目の出動で、まさに敵陣地の真中に小気味よい爆撃を加えている。ハラハラするほどの低空爆撃であった。

するとたちまち、ハルハ河左岸の地平線上に現われた敵の優勢な戦闘機に囲まれて、混戦乱闘の空中戦が展開された。我が一機と敵の一機が同時に煙に包まれて落下した。その後に白いパラシュートが風に揺られながら、ゆっくり降りてくる。味方か敵か固唾をのんで見ている。地面に降下した瞬間、敵戦車数輌がぐるりと空からの客を取り囲んだ。ああ！　尊い友軍の犠牲であろう。司令部を誤爆したお詫びに、敵中に必中弾を浴びせた中隊長の胸中と、敵戦車の中に落下傘で降下した勇士とを思い、先刻の怨みを忘れ感激の余り思わず合掌する。

敵陣地の左翼方面で、また激しい銃砲声が起こった。双眼鏡を手にして見ると、敵戦車と我が歩兵が一団となって戦っている。

たちまち戦車の砲塔に一人の日本兵が飛びついた。手に汗を握って見つめていると、敵の砲塔が急速度で旋回を始めたらしい。その遠心力で車上の人間が小石のように投げ飛ばされる。やがてその一団の中に黒煙と紅蓮《ぐれん》の炎が見えた。少なくも二輛を肉迫攻撃で刺し止めたのであろう。

息詰まるような一日がようやく暮れようとしたとき、初めて右第一線からの電話が通じた。その第一回の報告は、「右第一線は敵陣地に突入、戦車に蹂躙されて全滅に近い。小林旅団長重傷行方不明。酒井連隊長重傷。大中隊長ほとんど死傷」という悲しい知らせであった。

森田旅団方面の戦況がさっぱりわからないとき、小松原師団長は右第一線の、殊に小林少将の勇敢に唯一の望みを嘱《しょく》していたのに、その唯一の希望はかくして吹き消された。

「小林少将重傷、行方不明」の報告を聞いた師団長の面は一瞬蒼白になった。それほどまでに信頼し切っていたのである。「小林少将さえ健在ならば必ず成功する」と口癖のように誇っていた師団長の胸中はどんなであったろう。その指揮は事件発生以来水際立っていた。師団長としては片腕をもぎ取られた以上の苦痛であろう。痛ましい、がっかりされた顔はまともに見るに忍びなかった。

太陽がようやく西に沈もうとして、彼我の銃砲声が少しばかり緩和したとき、藤本軍参謀長が突然、

「閣下、私はいまから軍司令部に帰ります。辻君、君も一緒にどうか」

と師団長に挨拶された。

「この戦況で、君、帰るのかねえ……」

「ハア、帰って報告しなければなりません」

周囲には誰一人物言う者がない。憂愁に閉ざされたこの司令部を後にして、藤本参謀長と共に去るに忍びなかった。

「私はもうしばらくお手伝いします」

去りゆく軍参謀長を暮れゆく幕舎に見送った。

「この戦況で、君、帰るのかねえ……」と言われた師団長の一言には千万無量の感が込められていたのであった。

太陽は全く草原のかなたに沈んだ。沈み切った司令部の空気の中に、突然、右前方に四、五十名の将兵が前線から雪崩を打って、気狂いのように退がってきた。「おッ、崩れたッ」という声が誰からともなく聞こえた。

師団長の認可を受ける暇もなく、相談する余裕もない。壕から飛び出して退却してきた一群を捉えた。某中尉以下約四十名。将兵の眼は瞳孔が拡大しているようである。

「参謀殿！　右第一線は全滅しましたッ」

「何ッ。お前たちが生きてるじゃないか。何が全滅かッ。旅団長や連隊長や軍旗をほったらかして、それでも日本の軍人かッ」

火の出る激しさで怒鳴った。

将兵はしばらく無言のままうなだれている。慚愧《ざんき》の気持ちが動いているようである。

「はい。悪うございました」

「よし。いまから俺が旅団長、連隊長を救いにゆく。背嚢を下ろせ。手榴弾をポケットに入れてついてこい。俺を中心に間隔二歩、散開。目標は燃え上がる敵の戦車、前へ！」

敵陣地から撃ち出す弾丸は盛んに飛んでくる。戦車が至る所に燃え上がって、戦場一帯は篝火《かがりび》をたいたような明るさであった。

師団司令部から右第一線に通じている黄色の電話線を、何よりの道標として約千メートルほど前進したとき、暗い草原の凹地に人の気配がする。近づいてみると、全く予期しない人声である。

「中隊長殿。四十八期の原田少尉です。七十二連隊の軍旗です」

「よし。軍旗は無事だったか。いまから連隊を救いにゆく。軍旗はこの電線を伝って師団司令部に帰れ」

軍旗が無事で何よりだった。この少尉を付けて退げたら大丈夫だろう。だが、

「御同期の国本少佐殿（連隊副官）も戦死されました」

とのことであった……。

上弦の月は西に傾いて、淡い光を勇士の屍の上に投げている。続いて前進すると敵戦車と友軍とが撃ち合ってこんがらがっている。立って歩くことはできそうにもない。傍に燃え盛る戦車の火光で昼のように明るいために、敵の機関銃で頭を上げ得なかった。戦線は全く敵味方を判別し得ない。

「旅団長閣下はどこかッ」

擱座したソ連戦車

「連隊長はどこかッ」

と大声で呼ぶとその声が敵弾の的になった。

誰一人答える者はない。伏せているのだろうか。それとも皆死んでいるのだろうか。ソーッと這って戦車の間を潜り抜けた。細い低い声がしきりに呼んでいる。

「辻君！　辻君！」

連隊長酒井大佐の声だ。小松の根元に僅かに敵弾と敵眼を避けている。浅い壕の中に首から三角巾でつるした右手が見える。

「戦況はどうですか、小林閣下は？」

「御覧の通りです。引き続いて攻撃をやれとの御命令ならば、明日もう一度突撃しますが恐らく一人も残りますまい。今日の正午頃旅団長閣下と一緒に突撃したところへ敵戦車が突進し、閣下は重傷、たぶん退がられたでしょう。いま少し前、少尉が担架を持って潜り込みましたから。君の同期生の国本君も死にましたよ」

低いながらも落ちついた声で、取り乱しても興奮してもいなかった。

師団長は左第一線の攻撃が一向に進まないため、右第一線方面から明朝攻撃を再興することを考えておられた。あるいはすでに電話で要旨が伝えられているかも知れない。しかし現実は余りにもちがう。水筒の栓を開いて、「どうぞ、御苦労様でした」と、傷ついた連隊長に水筒の蓋で、僅かに残してあった最後の水を一杯ついで渡した。ゴクリと音を立てて、さもうまそうに飲まれた。朝からの激戦と出血で、どんなにかのどが渇いていたことだろう。

「いやありがとう。水がないのが何より苦しいです」

「さあどうぞ、もう一杯」

二杯目を無理に勧めた。誰一人とて一滴の水さえないこの戦場で、万金にも値する水を、二杯飲むことがどんなに心に咎められたことだろう。

「もう結構。貴重な君の水をいただいて」

思わず涙が浮かぶ。

その僅かの暇に戦線をどうして収拾しようかと考えをまとめた。こうなったら夜の中に退げねばならぬ。弾丸もなく水もない戦場で、明朝攻撃を続行することは思いもよらない。しかし師団長の命令は攻撃続行である。否、この方面から戦果の拡張さえ考えられていた。それを万承知の上で、独断全責任を負うことにした。

「いまから師団命令を御伝えします。

一、師団は明二十五日払暁、森田部隊（左翼）方面から攻撃を続行す。

二、小林部隊（右第一線）は師団予備隊とす。

本夜まず全部の死傷者を一名残らず後送した後、兵力をまとめて明払暁までに、師団司令部の位置に集結すべし」

全く師団命令と正反対の命令である。しかも師団参謀でない著者が、敢えてこういう命令を下さねばならないことは現実の必要からである。これ以外に手はない。「全責任を一身に受けよう」と覚悟した。

「いいですか。退却ではありませんぞ。まず戦場の死傷者を夜のうちに全部退げ、一人も残らないのを見届けてから、生き残りの部下を確実に掌握されて、夜が明けるまでにこの電線を辿って師団司令部の位置に兵力を集結して下さい」

酒井連隊長はホーッと一息ついたような顔で、

「承知しました。確かにその通り実行します。しかし御覧の通りの混戦乱闘で大隊を掌握し得ません。大隊長も中隊長もほとんど死傷し、連隊本部には大尉（予備）一人だけですから……」

「よろしうございます。これからは私がお手伝いしましょう」

本部生き残りの大尉と共に、敵弾を潜り敵戦車の間を這いながら、左右の大隊に連絡を取った。

約一時間の後、確実に命令を伝え終わったとき、同期生の国本九郎少佐の屍体を抱いた。まだ温かいような気がした。頭部を貫通し紅に染まって顔が見分けがつかないが、僅かに残った水筒の一滴をその唇の中に流し込んだ。

「おい国本ッ、許してくれ……」

唇を噛みしめながら、流れ落ちる涙を拭いもせずに、再びこの戦場を後に電線を手さぐりに帰りを急いだ。

おびただしい死傷者だ。到底、人の肩では運べない。決死のトラック数輌を早く出してやろう。

帰りはただ一人である。戦車の隙間を這い抜けるには、大した困難はなかった。

燃え上がる戦車の火光も、段々細くなってくる。何よりの幸いだ。月の光も落ちて、草原は深い闇に閉ざされてきた。途中、敵将校の屍体が焼けた戦車の側に横たわっている。ポケットを探ったら一枚の地図が血に滲んでいる。何かの参考になろうと、図囊に納めながら、約五百メートルも退がった頃、草原に大きな身体の日本の兵隊が伏せている。軽機関銃をしっかりと抱いたまま伏せている。この激戦に眠っているとは怪しからん。

「おいこら起きろッ、起きろッ」

と揺り動かしたがテコでも動かない。すでに硬直している屍であった。

「おう、すまなかった……」

軽機関銃だけでも持ち帰ろうとしたが、両手の指が銃身に喰い入るように、固く握ったまま硬直している。ついに指を一本ずつ折って手放させた。

「おう！　それほどまでに死ぬまで大事にしていたか。お前の魂と共に俺が代わって戦ってやるよ。安心して成仏せい」

生きている兵隊に言うようにさとして、その機関銃を担ぎながら、また一人で電線を伝って司令部に帰り着いた。時すでに夜半であった。

独断、師団命令を変更して、戦線を整理した始末を申し上げて許しを乞うたとき、小松原師団長は固く手を握って涙を流された。

「ありがとう。君、よくやってくれた」

肩に担いだ軽機関銃を下ろして申し上げた。

「勇敢な兵隊が、この軽機関銃を固く握って死んでいました。指を折って持ち帰りました。あの兵隊の魂がこもっています。これをどうか護衛用にして下さい」

師団参謀はすでに下した命令を修正し、また輜重《しちょう》隊から決死兵を募って、トラック五台を第一線に推進した。約七百名の死傷者と、おびただしい兵器とが数回に運ばれてようやく終わり、第一線が師団司令部の位置に集結を終わったのは朝近くであった。一名の取り乱した者もなく、重複縦隊の密集隊形で草原上に固まっている。

「疎開せッ、壕を掘れッ」

思わず叫んだ。

太陽が顔を出すと共に、この位置には敵砲弾が集中された。しかしそのときまでに壕を掘り終わって、暴露した兵は一名もなかった。

満州各地よりノモンハンに移動する歩兵部隊

二十五日は彼我共に砲撃の応酬で、戦局の波瀾はなかった。戦況がようやく一段落したのを見届け、師団長に別れてただ一人砲弾の合間を潜りながら、将軍廟の第六軍司令部に帰った。

そのとき荻洲軍司令官から一通の電報を示された。関東軍命令の要旨である。第七、第二、第四師団を第六軍に増加配属する命令であった。東正面の骨幹兵力を抽出して乾坤一擲の大会戦をやる決意の下に発動されたものである。

「辻君。僕ほど武運に恵まれた者はないよ。シナで徐州会戦にさんざん働いて、いままたこの晴れの舞台に四個師団も貰って、思う存分働けるとは。俺ほど幸運な者はなかろう」

この一言は不快な響が含まれていた。何だか金鵄《きんし》勲章か感状のことでも考えているのではなかろうか。この軍司令官は果たして師団長の苦労がわかっているのだろうか。机にウイスキーの瓶があったのも不快を増した原因であろう。

矢野副長が第六軍司令部に来ておられたので戦況の詳細を報告し、軍としての処置を取るべく新京の関東軍司令部に帰ったのは二十六日の夕方であった。

植田軍司令官以下に戦場の実相を報告したとき、

「御苦労だった。何か食事でもと思ったが……。家ではさぞかし皆心配して帰りを待っておられるだろう。早く帰って安心させなさい」

と、いたわりの言葉をいただいた。

鹵獲《ろかく》した地図には約五個師団の敵の兵力が、攻撃方向と共に色鉛筆で書かれてあった。我が予想に二倍する敵の兵力である。夜、一切の後始末を終わって十時頃官舎に帰り着いたとき、軍司令官官邸から運ばれたと称する御馳走が貧しい食卓の上に飾られてあった。涙が出て仕方がない。一滴の水をあんなに喜んで飲まれた酒井連隊長の顔が眼に浮かぶ。それにしても妻子を持たれない将軍が、どうしてこんなに細かいところに気がつかれるのだろうか。
　翌朝、幕僚会議があった。鹵獲した地図を基礎として検討すると、敵の総兵力は、
　第一線＝狙撃三師団、戦車五旅団、軍団砲兵数個連隊
　第二線＝狙撃二師団、戦車一ないし二旅団
と判断される。これは第二課の予想に対して二倍以上の兵力であり、我に四ないし五倍する優勢であった。とくに注目すべきことは、七月上旬、戦場に現われた軽戦車が、大部分姿を消し中型快速戦車が新しく出現したことである。
　火焔瓶で面白いほど炎上させた敵戦車が、今度は車体の上に金網を張っている。火焔瓶や地雷は容易に奏功しなかった。
　量において四、五倍の敵は、質において運用においてまた旧態を改めていた。薄ノロと侮ったソ連軍は、驚くほど手軽に迅速に、兵器と戦法とを変えている。
　革命軍の大きな特色と言うべきだろう。

悪戦死闘

八月二十九日、矢野参謀副長はハイラルから帰還した。その説明によると、敵の攻勢はますます本格化し、二十六日、ホルステン南岸の攻勢を中止して、第二十三師団の主力を再び北岸の旧陣地に入らしめた。

山縣、須見両連隊及び砲兵隊主力を指揮して態勢を挽回させようと勉めたが時すでに遅く、山縣連隊（歩六四）は敵の強圧に耐え兼ねて二十八日夜、ついに元の陣地を放棄して潰乱し、第二十三師団長は手兵僅かに五百人を率いて、旧師団司令部位置に前進した。

右側背より溢れ出した敵の戦車が我が後方及び砲兵陣地を蹂躙し、重砲連隊長鷹司大佐は火砲を放棄して後退し、山縣連隊もまた危殆に瀕したようである。

事態はまさに最悪であり、崩壊寸前に瀕している。身を挺して善後処置に当たるべく、植田軍司令官と参謀長に願い出でて、ハイラルを経由し将軍廟に到着したのは三十日夕刻であった。

天幕内の幕僚室は誰一人一語も発する者がなく、陰惨な空気に閉ざされている。

第六軍司令官室に申告に行った。ウイスキーで大分酔いが回っているらしい。心の苦しさを

酒で紛らわさねばならなかったのだろう。申告が終わったとき、

「辻君。僕は小松原が死んでくれることを希望しているが、どうかねえ君……」

その瞬間唖然とした。次いで憤然とした。

この事件が発生してからこんなに癪《しやく》にさわったことは未だかつてなかった。身分を忘れて、

「軍の統帥は師団長を見殺しにすることですかッ。小松原閣下としては数千の部下を失った罪を死を以て償おうとしておられるその心は当然であり、御胸中は十分わかります。それだけに軍司令官としては何とでもして、この師団長を救い出すべきではないですかッ。これが閣下の部下に対する道ではありませんかッ」

天幕の外にまで筒抜けの大声であったらしい。驚いて入ってきた藤本参謀長は、

「まあまあ君、一寸」

と袖を引いて天幕外に連れ出した。軍参謀長は小さい声で、

「君の言うことはよくわかる。何とかして小松原師団長を救出するから」

となだめられた。幕僚室は浜田高級参謀以下、ただ沈黙を守っている。

「誰か若い参謀で決死隊を作り、師団長を救い出してこい。でないと第六軍の今後の統帥はできないぞッ」

話しさとしたが誰一人行こうという者がない。

「よし、君たちが行かないなら、出しゃばるようだが俺が行く」

と著者が立ち上がったとき、浜田高級参謀はさすがに恥を知ったらしい。

「辻君、待ってくれたまえ。これは第六軍に委せてもらいたい。軍の面子だ。僕が行くから」

「あなたが行かれるならそれに越したことはありません。新設の軍として大事なところですよ」

話している最中に一人の若い将校が入ってきた。弱々しいような美青年である。それは師団の田中専属副官（特別志願の少尉）であった。

「師団長閣下は最後の決心をなさいまして、絶筆を軍司令官に托されました。御命令で私はそれを持って参りました」

鉛筆で肉太に通信紙に書かれた筆跡は、まごう方なき師団長の遺書であった。多くの部下を失った罪を謝し、「最後の一兵まで立派に戦って死ぬから御安心下さい」という意味のものであった。

暗号書はすでに焼いている。簡単な平文で、最後の戦況を冷静に報告しながら、戦い続けているらしい。

研究の結果、軍司令官から師団長に対し、「貴官は万難を排し突破帰還すべし」との軍命令が平文の電報で打たれた。

さらに筆記命令を、この専属副官に持たせてもう一度、師団長の許《もと》に帰らせることにした。

「おい君、いまから軍の高級参謀が師団長を迎えに行かれるから案内せい」

と話したらこの少尉は、

「いや、それには及びません。師団長は必要ならば師団の力で救出します。軍のお世話にはなりません」

花も恥じらうような優男《やさおとこ》のこの若い少尉が、何たる気魄であろう。幹部候補生出身の可愛い少尉の紅唇《こうしん》から、毅然たる覚悟が述べられた。このような戦況になると、出身や階級は物を言わない。私心なき一片耿々《こうこう》の心だけが、勇怯《ゆうきょう》を決するものである。平素威張って元気のよい軍参謀が、誰一人進んで危地に飛び込もうとする者がないときに、少尉の落ちつき払った態度には見上げたものがある。しかも「軍のお世話になるまでもありません」の一語には千言万語の感情が秘められている。

小松原中将が、第二十三師団長として新設未熟の師団を率いて百日にわたり優勢な敵と善戦奮闘したのは、一に植田将軍の統率の力であった。

「師団長に死んでもらいたい」と一杯機嫌で言う第六軍司令官に対し、果たして師団長がどのような感じを抱いていたかは、田中少尉の言葉の端にも、十分窺われるものがある。やがて、田中少尉は最後の軍命令を懐中にし、決死の伝令数名と共に、ニッコリ笑って闇の中に姿を消した。

砲声は夜に入ってますます激しく、機関銃声と手榴弾の炸裂する音がそれに交ざっている。ただ無心の月だけは鬼気迫る戦場に淡い光を投げていた。

三十一日の朝は苦悶の中に明けた。「田中少尉が無事に到着してくれたらよいが……、平文の電報を無事に受け取ってくれたらよいが……」と祈ったが、何の手ごたえもなかった。

勇敢にも我が軽爆飛行中隊が、数機を以て代わる代わる急降下で食糧、弾薬を旧師団司令部の位置に投下している。

各方面とも戦闘は最後の段階に達したようである。

午後二時やや過ぎ、突然、小松原師団長が昨夜の田中少尉に案内されて第六軍司令部に帰来された。肩章が外されてある。一同狂喜したが、当の師団長は何らの興奮もない。生も死も超越された姿だけがあった。ウイスキーで赤い顔の軍司令官に対し、

「多くの部下を殺し誠に申し訳ありません。死ぬべきであるとは思いましたが、御命令に接し

まして敵を突破して帰りました。この上は師団を再建し必ず汚名を雪《そそ》ぎます」

もはや一点の不平もなく不満もないようである。ただ、あるものは私情を殺して軍命令に従う態度と、部下へのお詫びの気持ちだけであった。「偉い将軍だ。ケタ違いだ、新軍司令官とは……」。

随行した師団参謀の報告によると師団司令部は二十九日夜、旧司令部の陣地に入ってから、全周を敵に包囲せられながら、師団長を中心として守兵約五百名で二日二晩陣地に拠って奮闘し、三十日夜、最後の突撃を準備中、平文電報で「突破帰還すべし」の軍命令を受領し、次いで田中少尉の筆記命令を受けた。「万事命令に従う」との師団長の一語で、三十日の払暁前に師団長が自ら先頭に立ち、軍刀を抜き五回突撃して、ついに敵の重囲を突破した。その際、岡本参謀長は敵の手榴弾で足を失ったが担架で担ぎながら約四百名が一団となり、多数の負傷者を扶《たす》けつつ帰還したとのことであった。

古今の戦史にも恐らく例のないことであろう。

我に三倍する強敵を一手に受けて、孤軍奮闘三カ月――。その約八十パーセントの死傷者を出し、ついに僅かの生き残りを将軍廟に集結した。

師団をしてこのような運命に遇《あ》わせたことに対し、限りなき責任を感じ、一刻も早く新京に帰って第二期作戦の準備をしなければならぬと思った。

九月一日ハイラルに帰り、飛行機出発までの僅かの時間を利用して病院を見舞った。二十四日の戦闘で重傷を負った小林少将が、寝台上に横たわっている。著者を見て、上半身を起こされた。

「辻君ありがとう。二十四日の夜、君が僕の名前を呼んでいるのを担架の上で聞きながら、あのときはちょうど敵の重囲の中で、ついに声を出せなかったのだ。許してくれたまえ」

「いやお詫びは私から申し上げねばなりません。判断を誤って無理な戦さをおさせしまして」

「なに君。恐るるに足らんよ。対戦車火器さえあれば、ロス（＊ソ連兵）の戦闘精神は知れたもんだよ。あの晩やられたときには本部がほとんど全滅になって、ただ一人敵戦車群の中に、下半身を砂で埋められて残ったよ。膝に砲弾を受けたため、身動きもできず、拳銃を出して身構えていたが、敵は戦車から、よう降りてこなかった。出てきたら最後だったがねえ……。そのうち少尉が担架を引きずりながら、這って戦車の中へ救いに来てくれたよ。生きて帰ったのは誠に申し訳がない」

沈痛な顔で戦場の実相を語られた。ただ一言もソ連兵に参ったという色が窺われなかった。この少将はこの戦場を通じ各級指揮官中の随一の猛将であった。沈着と剛胆と機敏と、まさに得難い武将であり、旅団の将兵からはもとより小松原師団長の信頼を一身に集められていた。

御回復を祈りながら、次に酒井連隊長を見舞った。沈みがちで何も話されず、ただ、軽傷で戦場を退いたことを心から詫びておられた。十分御慰め申してお訣《わか》れしたが、この連隊長はその直後、連隊長更迭（負傷のため）の命令を受けたとき、責任を感じて病院内で自決された。惜しい限りであった。

先にフイ高地で守兵約八百のうち三百を失った騎兵連隊長井置中佐は軍法会議にかけられることになったが、その前の晩に自刃された。

空襲を受け損壊した将軍廟

第二十三師団苦闘の最後の悲劇であった――。

ハイラル飛行場で待っているとき、突然、独ソ不可侵条約の成立が報ぜられた。日独防共協定の精神を、いまこそ積極的に履行すべきはずのヒットラーは、百八十度姿態を変えて、スターリンと結んだ。

幾度か、幾十度か五相会議を重ね、進んで日独軍事同盟にまで拡大しようと焦っていた平沼内閣は、「欧州情勢は複雑怪奇である」との声明を残して退陣し、新しく阿部内閣が産まれ落ちた。月足らずのこの内閣は果たして複雑怪奇の国際情勢に処して、スターリンやヒットラーと太刀打ちできるであろうか。

紙の上に、胸に一物を蔵して締結された条約や協定が、現実の利害に相反するとき、どんな運命を辿るであろうか。ノモンハン事件はこの内閣と、この情勢では、少なくも我に有利には幕を閉じないであろうとの凶感を抑え得なかった。

新攻勢準備

第二十三師団の戦力はすでに消耗し尽くした。新たに戦場に到着した第七師団を以てモホレヒ湖を中心とし、ホルステン河の両岸にわたって攻勢の拠点を確保し、満軍の一部を以て、アムクロ、フラトオーリン付近及び九七〇高地（ハンダガヤ）を確保して、両側背を警戒させ、その掩護下に第二師団を将軍廟北側地区に、第四師団を将軍廟東側地区に、第二十三師団をその中間地区に集結して、態勢を整理させ、新しい会戦を準備した。

第二師団の一部片山支隊（旅団長の指揮する歩兵一連隊、砲兵一大隊）は、ハンダガヤ方面を強化するため、白温線方面から進出し、九月四日頃、九七〇高地に進出して満軍と交代した。また第一師団の一部後藤支隊（後藤少将の指揮する歩兵一連隊）でハンダガヤ方面を占領し、左側背を強化した。

これらの各兵団は九月九日頃までに、全力を戦場に集結した。第六軍は戦力を三倍に拡大せられたのである。この兵力を何故もっと早く、思い切って戦場に使わなかったかとの非難は、当然受くべきものであった。あわれ貧乏人が臍繰《へそく》りを使い惜しみするような統帥の結果、小松原師団をしてあのような苦戦に陥らしめたのは幕僚の不明にその大部の責任を帰すべきである。東京から後ろ髪を引かれたとの逃げ言葉はこの際通用しない。東京との対立を予想してやったタムスク爆撃のことを考えれば、決して軍の意志を拘束するものではなかったはずだ。殊に植田軍司令官に「第七師団を事前にハイラルに推進しては――」との達見があったにかかわらず、冬営材料の輸送に、越冬準備に自動車の大部を使い、肝心の兵力輸送を軽視したことは、後世の史家の大きな非難を浴びるであろう。もちろん、七月上旬は季節的に見て、まだ全面戦争をしかけられる心配が十分にあったが、九月上旬になれば結氷期までに後二カ月であり、もはや全面戦争の起こる時機がすでに過ぎ去ったという安全感があった。これが、この大兵を集中し、冬季までに短期間の決戦を敢行しようと決心した理由である。

戦法も改めねばならぬ。戦車と重砲と飛行機において、我に数倍する敵に対し、従来のような原則的戦法では到底勝つ見込みはない。

歴戦の体験から編み出された戦法は、第一日の夕方から攻撃を開始し、まず敵の警戒陣地を奪い、第二日の朝までに陣地を作り、第二日昼間はそれに拠って敵火の損害を避け、夜襲を準備する。第二日は夜襲して、第三日朝までに陣地を完成する。このように、昼間は壕を深くして敵砲弾による損害を減少し、砲兵を並べて敵戦車の反撃を我が陣地前に撃破する。すなわち夜は攻撃前進し、昼は防禦する戦法を四日にわたり連続し、第五、第六日は準備を整え、第六日夜、夜襲によって敵主陣地を突破しようとする考案であった。

一晩の攻撃前進する距離が五百メートルから千メートルまでであり、地形は十分偵察の余裕があるから、この新しい戦法で、装備の劣った点を補おうとしたのである。名案ではなく、これ以外に勝味はなかった。旧式装備の軍で、戦車と飛行機と重砲の優勢な敵に対して、採るべきはただ夜間の攻撃だけである。

この案を第六軍に示し、各師団に訓練と準備を命じた。

これなら必ず成功するぞ。今度こそは小松原師団の弔い合戦ができそうであると、勇躍戦機を待っていたとき、突如として大命が下った。それは青天の霹靂であった。

十　骨を曝して

大命拝受

幾度か来満視察を希望した中島参謀次長が、八月三十一日突然、飛行機で新京の関東軍司令部に着かれた。軍司令官室で、厳粛に伝達された大本営命令は次の通りである。

大陸命第三四三号

命令

一、大本営の企図は支那事変処理の間、満州方面に於て、帝国軍の一部を以てソ連邦に備え、北辺の平静を保持するにあり。之がため、ノモンハン方面に於ては、努めて作戦を拡大することなく、速に之が終結を策す。

二、関東軍司令官はノモンハン方面に於て、勉めて小なる兵力を以て持久を策すべし。

三、細項に関しては、参謀総長をして指示せしむ。

昭和十四年八月三十日

参謀総長載仁《ことひと》親王

息詰まるような空気の中で、植田軍司令官と磯谷参謀長が、謹んでこの大命を拝受した。

軍司令官「命令の第三項に基づき、参謀総長の指示事項はありませんか」

参謀次長「ありません」

軍参謀長「それでは『細項に関し参謀総長をして指示せしむ』とありますのは、どういう意味ですか」

参謀次長「指示することがあれば指示する意味で、目下のところ指示事項はありません」

次いで軍司令官室において、一般の戦況と軍の企図（＊九月攻勢）について説明した。まず第二課加藤参謀から敵情判断を、次いで寺田参謀から一般の戦況と軍の現状将来の企図などを説明し、磯矢《いそや》参謀から後方補給状況を説明した。

軍は十分な兵力を以て、冬季前にできるだけ短期間に敵に大打撃を与えた後、速やかに全兵力を撤去し、ハルハ河を越えて作戦する意志のないことを明瞭にした。

随行の高月参謀の、「第四師団を加えずにやることはできないか」との問いに対し寺田参謀は、

「第四師団は絶対に必要である。できれば大本営から加えられた第五師団も、早く到着したら加えたいと思う。それは徹底した兵力で至短時間に目的を達して引き揚げたいからである」

と説明を補足した。

中島次長は何ら発言するところがなかったので、植田軍司令官はさらに念を押された。

「『ノモンハン方面において、勉めて小なる兵力を以て持久を策すべし』とは軍がいま考えている攻撃の考案を容認せられるのですか」

これに対し次長は、

「『勉めて小なる兵力を以て持久に任ずべし』との意味は戦略的持久の意味で、その範囲内にて戦術的攻勢を取ることはもちろん妨げません」

磯谷軍参謀長はさらに、

「それでは軍が現在考えている第四師団を加えてする攻撃は宜しいですか」

と問うたのに対し次長は、

「宜しゅうございます」

と、明確に答えられたのみならず、軍がこれだけの兵力で攻撃するならば、ハルハ河を越えて作戦する必要があろうと、図上に手で渡河方面を指示したほどであった。

軍司令官以下極めて明朗な気持ちで、三十日夜、官邸の招宴に一同大いに打ち解けて語った。次長は去るに臨んで、寺田参謀を別室に招き懇ろな態度で語りかけた。

「君のところ（第一課）と参謀本部第二課（作戦課）と、今度の事件で意見の阻隔を来たしているが、もうこうなった以上は、両者協力してやらねばならぬ。君の方から何か中央部に対する希望があったら、大小となくどしどし言って寄越せ。できるだけ努力するよ」

寺田参謀は大いに感激して答えた。

「そう言っていただければ、誠に感謝するところです。是非そのようにお願いします」

次長と随行幕僚の態度はこのように協調的で、従来の対立は完全に解消し、和気藹々《あいあい》のうちに別れた。これなら今度の攻勢は必ず成功するぞ。必勝を信ずる空気に満ちていた。

三十一日以後の戦場は平穏で、第六軍はひたすら爾後の攻勢作戦を準備し、第一線の師団もまた復仇の観念に燃え、夜襲突破の訓練に余念がなかった。上下一致して必勝の成果を収めようと喜び勇んでいたとき、九月三日突然、次のような大命を受けた。僅かに三日の後である。

参謀総長

関東軍司令官宛

大陸命第三四九号

命令

停戦交渉を行う日ソ両軍

一、情勢に鑑み大本営は爾今ノモンハン方面国境事件の自主的終結を企図す。
二、関東軍司令官はノモンハン方面に於ける攻勢作戦を中止すべし。
之がため戦闘の発生を防止し得る如く、まず兵力をハルハ河右岸地区繋争地域（ハンダガヤ付近以東を除く）外に、適宜離隔して位置せしむべし。

航空作戦に関しては、状況已むを得ざれば大陸命第三三六号によるべし。

作戦軍主力を原駐地に帰還せしむべき時期は追って命ず。


全く意外。朝令暮改の真因は那辺《なへん》にあるかの判断に苦しんだ。

九月四日、中島次長は再び飛来した。次長に対し、軍司令官は謹厳な態度を以て臨んだ。

「大命は謹んで奉じます」

次長は次の参謀総長の御言葉を伝えた。

「大陸命第三四九号に基づき隠忍自重、他日の雪辱を期し、克《よ》く上下を抑制して時局の収拾に善処せんことを切望す。欧州情勢の急迫に鑑み、今後日ソ一般国交調整、とくに国境保全の外交交渉を行う予定なるも、停戦交渉は行わざる主義なり」

植田軍司令官「ついては一つお願いがあります。攻勢作戦は大命に基づき中止しますが、第二十三師団の屍体収容はまだできていません。是非これだけやらせていただきたい」
参謀次長「これさえも御許しにならないのが、大命の趣旨です」
軍司令官「屍体収容のための戦闘が、持久戦にならないように、私が自ら戦場に出てその責任に任じますから、最小限度の戦場掃除だけでも御許しを願いたい」
参謀次長「それは大命の趣旨に反します」
軍司令官「大命を拝し恐懼《きょうく》に堪えません。事茲《ことここ》に至りましたのは、全く軍司令官一人の責任です。もはや戦場整理案も御許しなき以上、自分がこのまま職に留まることはできません。一刻も早く後任司令官を御任命になり、事件を収拾せられることを希望します。
また一切の責任は司令官一人です。参謀長以下はよく自分の意図を体して、行動したのでこれに責任の及ばないよう取り計らって下さい」
参謀次長「軍司令官の御希望は、直ちにこれを伝達します。中央部の自分としても大いに責任を感じています」
軍司令官「中央部に責任はありません。私一人の責任です」
ついで軍参謀長、副長と参謀次長が会見した。
軍参謀長「去る三十日発令せられた大命と、本日発令せられた大命とが、僅かに数日で、戦況に何ら変化がないにもかかわらず、その内容が余りにも大きな差異がある。とくに次長の態度が違う事情を説明願いたい」

参謀次長「これは大命です」

軍参謀長「軍司令官の進退は、早急に実現するよう取り計らわれたい。軍司令官は責任は一人であると言われましたが、統帥の補佐に任じている幕僚は、このまま残っても新しい方針の下に行動するのは困難ですから、幕僚もまた交代するように、至急取り計らわれたい。責任は司令官と私とだけですが、他の幕僚も新しい方針に基づく命令などを、部下に伝達することはできませんから、是非交代させられたい」

参謀次長「幕僚として交代の件は申し上げられません」

軍参謀長「幕僚長代理として、責任ある意見を述べることは、できるではありませんか」

参謀次長「自分としては考えていますが、申し上げられません」

軍参謀長「ノモンハンのみならず、全般の問題として本事件は害を少なくして整理始末をするため、右の交代はなるべく急ぐのがよい。なお、内奏のことは幕僚として、意見を申し上げることができると思う故、至急取り計らわれたい」

参謀次長「御取り次ぎします」

軍参謀副長「大局上はよいでしょうが、軍としては第二十三師団の屍体を収容せずに後退することはできません。これは理屈ではなく、軍司令官として職に留まり得られないのは当然です。

幕僚としてこのままいてもお使いもできません。隷下軍との関係上、このままおることは到底できません。

すっぱり切ってもらいたい。一部の者を残されては、残る者はますます困るから、作戦幕僚全部を交代してもらいたい。次の命令を持って行くことはできません」

寺田参謀「第一課関係者全部をお願いしたい」

参謀次長「大本営も同様で、私は非常に苦しんでいます。軍司令官以下の御気持ちはよくわかります」

寺田参謀「参謀本部第二課のやり方はひどい。血が通っておらぬ。村沢参謀や辻参謀は歴戦の勇士です。私、服部、島貫は初めてですが、この事件以来参戦しました。実戦の気分を知らなければ統帥はできません。故に今後の人事ではこの点十分考えていただきたい」

参謀次長「参謀本部も、もっと早く戦場を見ればよかった」

寺田参謀「第二十三師団の戦場整理ができなければ、師団の再建は困難です。兵士は人間ということを考えねばなりません。

関東軍は今度こそ、抜く考えで必勝を期しています。このまま止めては、どんな影響を全軍に及ぼしますか。軍の威望、伝統、訓練、教育などは人を入れ替えただけではできません。捨て身は最大の安全です。

大命は今更批判しませんが、分隊でも戦死すれば小隊は屍体を収容するのが当然です。武士の情けではありませんか。

ラジオ放送によれば、敵もまた悲鳴を上げています。戦いは先に負けたと思うものが負けです」

九月五日朝、次長は飛行機で東京に帰った。

寺田参謀は参謀長より軍司令官の意図として次長に申し出た件を、さらに明確に中央部に知らせるための処置を研究せよと命ぜられた。次長は果たして軍の苦衷を伝えるや疑問である。この上は改めて軍の意あるところを、中央に通ずる処置を取らねばならぬ。

そこで、次の電報が起案し発電された。

参謀総長宛　　　　　　　　　　軍司令官

一、大陸命第三四九号謹んで受領す。
二、軍は第二十三師団が七旬に亘る苦闘により、旧戦場には尚数千の屍体を収容し能わざる現状にあるに鑑み、第六軍をしてハルハ河右岸の戦場掃除をなし得る限り実施せしめたる後、部隊を大陸命による紛争地域外に撤退することを企図しあり。
右企図に関し認可ありたく意見を具申す。万一認可せられざるに於ては、本職が従来隷下に対し、強く要求し来れる道義を、本職自ら破壊するのみならず、忠死せる数千の英霊を敵手の凌辱に委するに至り、将来到底軍を統帥し得ざるに依り、速に本職を免ぜらるる如く執奏《しっそう》を乞う。


思うに皇軍の伝統は打算を超越し、上下父子の心情を以て統合するにあり。

本職関東軍の統帥を委ねられてより茲に三年有半、皇軍の道義的特色を拡充し、上下一体となり陛下の股肱たらん事を、軍統帥の信条となせり。

大陸命第三四九号の実行に関し、本職は戦場に今尚残置せられある第二十三師団将兵数千の尊き屍を収容することを以て、大命遵奉の当然の手段となし、次長に諒解を求めたるも次長は大命は之をしも認可せられざる如く言明せり。

本職は臣子として、忠死せる部下の骨を拾うことは、大元帥陛下の大御心なりと確信しあり。

皇軍無二の伝統を永遠に保持し、大元帥陛下の御高徳を顕現せらるるよう、篤と深慮せられんことを重ねて具申す。

九月六日朝、冷やかな返電を受領した。

軍司令官宛　　参謀総長
一、意見具申の企図は、大命の趣旨に鑑み之を採用せず。
二、貴官は従来の企図を一擲し、直に大陸命第三四九号の実行に移らるべきものと確信す。
三、右実行に関し、貴官の処置を速に報告するを要す。

相前後して、板垣陸軍大臣から次の電報が来た。

軍司令官宛　　陸軍大臣
閣下の御胸中は万々御察しす。
この際大命を奉行の上、責任を取らるるが臣節を全うせらるる所以と信ず。

本日勅裁を経たり。右不取敢。

冷酷氷の如き参謀総長の電報と対照し、板垣大臣の人間味溢るる電報に、軍司令官以下感極まって落涙した。

「命令の実行に関して貴官の処置を報告するを要す」と付け加えた参謀総長の真意を察するとき、これが同じ軍服を着たものの道かと、憤泣しながら、次の軍命令を起案した。起案紙の上に滴り落ちる涙で、インクの痕が滲んでいた。

参謀総長宛　　　　　　　　　　　　　軍司令官

参電第三三〇号返

一、左記軍命令を下達し、第六軍には幕僚を派遣指導しあり。

関東軍命令

①大命により、ノモンハン方面に於ける攻勢作戦を中止せしめらる。

②第六軍は概ね既定計画集中末期の態勢にありて敵を監視すべし。

其後の行動に関しては別命す。

③航空兵団は依然前任務を続行すべし。

二、ハンダガヤ東南方地区に於ては、一昨日来優勢なる敵の攻撃を受けつつある現状に鑑み、独立守備隊に兵力を増加し、要点を確保せしむ。

九月七日朝、第六軍司令官から次の電報が来た。

軍司令官宛

第六軍司令官

一、関作令甲第一七八号受領す。

二、軍は幾多の英霊に対し、敵に一大鉄槌を加え、之をハルハ河左岸に撃攘するに非ずんば黙視し得ざる状態にあり。事件処理を外交交渉に委すべきも、断じて敵をしてハルハ河右岸に停止せしむべからず。

三、荏苒《じんぜん》、日時を経過するに於ては、敵陣地は益々堅固となり、寒季に入るを以て外交の末枝に堕して攻勢の好機を逸するが如きは、厳に戒心を要するものと信ず。

右の電報に対して直ちに返電が発せられた。

第六軍司令官宛

軍司令官

御心中を深く察す。本職もまた断腸の思いを以て、謹んで大命を拝受せり。

この際、特に自重せられ、別命あるまで万一に応ずる作戦準備は依然継続せられつつ、第一線兵団をして軽挙を戒め、而も志気を沮喪せしめざる如く特に意を用いられ度。

九月五日の朝、次の悲電を受領した。

軍司令官宛

第二十三師団長

一、歩兵第七十一連隊長代理東宗治中佐は、八月三十日夜敵の重囲に陥りホルステン河右岸に於て、旗手雪吉少尉と共に軍旗を焼却したる後、敵中に突入、壮烈なる戦死を遂ぐ。

二、歩兵第六十四連隊長山縣武光大佐は八月二十九日夜敵の重囲に陥り、ホルステン右岸地区に於て自ら軍旗を焼却、自刃す。

ノモンハンの悲劇は、かくしてその幕を閉じた。かえりみて微力、統帥の補佐を誤り、名将の武徳を傷つけ、数千将兵の屍を砂漠に空しく曝した罪を思うとき、断腸切々。悔恨の涙は、惜しからぬ残生《ざんせい》をなげうって、在天の英霊に心からのお詫びを誓うのである。

思えば挑まれた戦いであり、縛られた戦いであった。

九月七日の夜、この事件の責を問われて、ついに植田軍司令官、磯谷軍参謀長は参謀本部付となり、やがて待命となった。矢野参謀副長、寺田高級参謀は参謀本部付に、また服部参謀は歩兵学校付に、そして著者は中支漢口の第十一軍司令部付に、それぞれ転補の命令を受けた。

関東軍としては、新たに梅津美治郎中将が軍司令官に、飯村穣《じょう》中将が軍参謀長に任命された。

うつつに夢にしばしも頭から離れ得ないあの戦場と山河、あの爆音、あの血の色、そしてあの忠勇な尊い犠牲。孤影悄然、漢口に赴任する途中、南京の宿舎で図らずも耳にしたラジオのニュースは、モスクワでモロトフ外相がノモンハンの停戦を申し込んだことを伝えていた。

それは大陸の戦線に、新しい死場所を与えられて、ただ一人送られて行く悲しい葬送曲でもあった。

戦争は敗けたと感じたものが、敗けたのである。

手記「ノモンハンの罪人と呼ばれて」

＊この初公開の辻氏の手記は中国大陸潜行中（昭和二十年〜二十三年）に書かれたもので、ご遺族よりご提供いただいた。

　これまで知られてこなかったノモンハン後の心境が吐露されていて貴重な証言となっているが、とりわけ注目されるのは、陸軍パンフレット「派遣軍将兵に告ぐ」は自作と打ち明けている件りであろう。これは昭和十五年の天長節に、大陸に展開中の百万の日本兵全員に配布されたもので、蒋介石も華文に訳して将校全員に読ませたという。

　パンフレットには、一、今日のような状態に進展したのは中国共産党が徹底抗戦を声高に叫び、蒋介石を脅迫して抗日継続の盲動を行ったからである。一、人力車に乗って料金を払わなかったり、民家を焼いたり、農民を殺傷したり、金銭を強奪するようなことがあっては、中国人の恨みを買うだけである……などと書かれている。反響は大きく、当時の新聞をして「総理の名で出すべきであった」と言わしめるほどであった（故に敢えて巻末に全文を掲載した）。

　従来、辻氏にはノモンハンに関して、「参謀本部は負けたと感じたが、関東軍は勝った、少なくも断じて負けとらん」と語ったとされるなど強硬派のイメージがつきまとってきたが、次に紹介するこの手記は、そのような認識を改めさせる貴重な一歩となるであろう。

流謫の漢口

「ノモンハン」の罪人となると昨日までの友が赤の他人となり手の掌を返したようになる。世の中とはこうしたものだ。身から出た錆だとあきらめながら上海に着いた。

飛行機を待つ間、『大地』を買ってきて貪り読んだ。米人パールバックの名著だ。女性で、しかも西洋人が東洋の事情に精通し、シナの真の姿を描き出して余りなき眼識に深い敬意を捧げた。日本のいわゆるシナ通と自称する連中が如何にも浅薄であり、盾の半面しか見ていないのに驚いた。

飛行機で漢口に着いたときは、第十一軍司令部の主力は第一次長沙作戦で蒲圻《ほきん》の戦闘司令所に進出しており、翌日飛行機で蒲圻に着いた。小さな田舎町で司令部は数屋の民家に開かれていた。

洞庭湖を経て営田付近に上陸する上村支隊の苦戦が予想されていたので、この上村支隊に同行し上陸作戦、初期の連絡を行うよう任ぜられた。

九月二十日（＊昭和十四年）薄暮、上陸作戦は開始され、激戦の末、戦略的奇襲に成功した。二十五日には相手もさらに包囲攻撃を強め戦況が切迫したため、一小隊を預かり後方整理しつつ敵中を突破し負傷者を護ることができた。

作戦一段落の後は軍風紀の腐敗の改善に努めつつシナ関係書籍の読破に没頭、途中で「チブス」に感染するも病院関係者のありがたい御努力で無事退院できたことは感謝の極みであった。

支那派遣軍総司令部付に転任

昭和十五年二月八日に支那派遣軍総司令部付に転補の命令を受けた。紀元節の前日着任、第四課政治経済関係担当だった。

予期通り職場の上司から歓迎される様子はなく、一人だけ別棟で自由研究するよう命ぜられた。南京政権（＊汪兆銘政府）の尻を追って無料酒《ただざけ》に浸る連中と調子を合わせる必要のないことがかえって幸いだった。唯身命を抛《なげう》って板垣さん（＊支那派遣軍総参謀長）を助けて遠く事変を処理する以外に望みはなかった。

南京政府の樹立を巡っては、功利主義権益思想を道義政策で偽装しようとする定見なき便乗主義者がこの重局を担任せざるを得ないほど、日本は指導的人材がなかった。日露戦争後、戦わざる軍人が、軍服の力で、陸大の成績表で出世し、定見ある者が遠ざけられたことがこの大戦の負けた根本原因だった。南京政府樹立の祝賀に酔う幕僚、大官等の得意の顔を冷やかに見送った。

亜細亜の月

道義に徹した大御心を隷下全将兵に徹底奉行《ほうこう》させることが派遣軍総司令官の唯一最大の任務であるが、今日に至るまでこれに関し何一つ実行されていないのを痛感し、「パンフレット」を作ることに決めた。

聖戦終局の目的は東亜連盟の結成にあり、将兵は身を以て道義を実践すべしとの結論を具体的に、口語体で兵隊に判るように平明に書き、「派遣軍将兵に告ぐ」として、板垣参謀長名で在華全将兵に洩れなく印刷配布された。大新聞に全文掲載され内外に好評を博したことから、東京の上層部から嫉妬され、敵の中から共鳴を見出す結果となった。

石原さん、板垣さんによる東亜連盟運動の卓見は重慶、南京において共鳴を受けたが、東條さんの東京から反対された。これはやがてまた流謫《るたく》の原因となり、板垣さんを失脚させる名目になった。国家連合思想は弾圧することが政府から発表された。一国孤立主義の殻に閉じ籠れると思っている者たちがむしろ気の毒に見えた。日支事変を大乗的に解決していたならば、大東亜戦争は決して負ける戦争ではなかった。

東亜連盟運動が大陸に燎原の火のように燃え上がるにつれて東京の反感もまた燃え上がり、ついに十二月十五日、突然、台湾軍研究部部員に転補された。時の勢いにはついに勝てなかった。

南京の官舎で中秋の月を見ながら、

敵味方　せめて今宵の　月のみは
　　亜細亜の月と　心して見よ

と嘆じた感慨を残して無心の紫金山に無限の名残りを留めて南に去った。燕と共に去った。

常夏の　南を指して　飛ぶ燕
　　帰へり来る日は　靖国の森

（了）

派遣軍将兵に告ぐ

本冊は聖戦の真義徹底に関し
準拠を与うるものなり
皇紀二千六百年天長の佳辰に当り
支那派遣軍総参謀長　板垣征四郎

一、事変発生の根本原因

1、東洋に対する自覚の欠如

世界に先行せる道義文化の伝統を共有し、二千年来の友好関係を継続してきた日支両民族が、近世においてとかく非友誼的対立抗争状態を現出した根本原因は、主として共に東洋人たるの自覚を忘却し、個人主義的欧米物質文化に眩惑したことに帰するものである。すなわち近世における支那の為政者が事毎に欧米諸国に依存し、その力を利用し、我が国の発展を阻止せんとして兄弟鬩《かき》にせめぐの端をなし、自らその植民地たる地位に沈淪《ちんりん》するに至ったことと、また一方、日清戦争に勝った我が国民が戦勝国の地位において支那に臨み支那人を軽侮《けいぶ》し、欧米人に対しては先進民族としてこれに阿諛《あゆ》し、その前には屈すべからざる膝をも屈するものあり、肇国《ちょうこく》の大理想を忘れ、侮支拝欧の弊に陥ったことが、期せずして今日の事態に立ち至った所以である。従って両国民が共に東洋への自覚において日支関係の根本的是正を図ることが、今次事変の目的である。

蓋し科学的文化の上では遺憾ながら後進国であった我が国が、近代国家への躍進課程として以上の経過を辿ったことは、真にやむを得ざるものであったとはいえ、反面また誠に慨わしいことであった。

爾来我が国力の飛躍は著しいものがある。明治維新当時においてはただひたすら自国の擁護を全うするだけの実力しか持たなかったものが、日露戦争においては独力能く露国の極東侵略を挫き、満州事変においては正を履んで恐れず敢然として国際連盟を脱退し、さらに今次事変においては東亜再建の理想の下に新秩序建設の大旆《たいはい》を掲げて蹶起するに至った所以は、ひとえに御稜威《みいつ》の下、先輩忠烈の貽績《いせき》による国力の充実に伴う国民的自覚に基づくものである。すなわち我らは今や正に東洋民族の先覚として、東洋への自覚、東亜の再建という歴史的大転機に直面しているのである。

2、欧米諸国の侵略的策動

英国が東洋侵略を開始したのは、今を距る約二百年前のインド経略に端を発している。人口三億五千万のインドをその植民地としてなお飽き足らず、さらに支那に歩を進め、百年前のアヘン戦争によって香港を取り、上海、天津の租界を獲得し、逐次揚子江を制し来ったのであるが、我が国の蹶起と支那民族の覚醒によってその露骨なる侵略方式を変更し、支那を援けてその統一にある程度の助力を与え、これが代償として財政、金融上の実権を掌握し、政治、経済上ほとんど独占的地位を占め、我が国の進出発展に対しては対立の勢を示し、抗日政策を採らしめたことが、今次の事変に至ったのである。

アヘン戦争の本質は、インド人の作ったアヘンを安く買い上げてこれを支那人に高く売りつけ、その利益は英本国商人が独占し、その結果として支那人を廃人化し来ったものである。新しい支那の自覚した青年によって起こされた辛亥革命の進展に伴い、列強搾取の植民地的地位から脱却せんとした排外運動の第一目標が英国に向けられたのは理の当然であったが、爾来彼はその高圧的政策を巧みに偽装転換して支那の民族運動を援助し、その鋒先を排日に転向せしめ日本の進出を阻止して、今次の事変に至ったのである。

一方ソ連は、帝政ロシアの崩壊と満州事変の結果とにより支那、とくに満州に扶植せる既得権益を喪失したため、外蒙及び新疆省方面より支那の侵略と東洋の赤化とを企図し、その第一着手としてガロン、ボローヂンを派遣し辛亥革命の帷幄《いあく》に参画させて巧みに共産党の勢力拡張を図り、支那の民族運動に便乗して極東における強国たる日本の大陸進出を妨害せんと試みたのである。英国が主として浙江財閥を基礎とする国民党内に勢力を占めてその既得権益を擁護せんとするのに対抗し、ソ連は共産党を操縦し主として農民層にその新興勢力を扶植せんとしていることは、明瞭な事実である。従って国共両党は背後の力を異にし、その本質を異にしているから、対立抗争するのは当然のようであるが、抗日という共通の目標のために犬猿同行、国共合作を以て今次の事変に臨んだのである。

最近、重慶内部や山西、河北両省等において国共の衝突を伝えられているのは、欧州事態の反映とも見られるのであって、英ソ両国の関係が対立状態にある現状より見て当然の傾向である。

盧溝橋事件の直後、我が国は終始不拡大方針を堅持してきたのであったが、欧米ソ連の指嗾煽動を受けた抗日政権は自己の犠牲に盲目となり、我が国との間に時局を収拾せんとする反省の余裕なく、ついに今日の如き未曾有の大戦状態に進展したのである。

英国が最近日本に妥協的態度を示してきたことは、在支既得権益の過半が上海を中心として我が占拠地域内にあるため利害を打算した結果と、欧州の情勢切迫による当然の一動向である。これに反し共産党の根拠は我が占拠地域と対蹠の西北支那にあり、かつまた日支抗争による両国の疲弊は赤化促進の好条件であるから、徹底抗日を呼号し、重慶政権を脅迫して抗戦継続の盲動をなしある所以である。

二、交戦の対象は何か

1、抗日政権の迷妄打破

現在重慶には英、米、仏、ソ連等の大使が集合して何事かを画策している。英、米、仏は何とかして重慶を助けて日本の腰の挫けるのを待ち、ソ連は日支の抗戦継続によって日本の対ソ戦力の消耗と、支那の疲弊による赤化の促進とを策しつつあることは誰しも判断し得るところである。すなわち我が交戦の対象は英、米、仏、ソ連の煽動に躍りつつある抗日政権及びその軍、匪であって、決して支那の良民ではない。従ってこれら抗日政権及びその抗戦力の主体たる軍、匪は本事変の目的に鑑み徹底的に膺懲しこれが翻意反省を見るまでは、五年でも十年でも戦争は継続しなければならないが、刀折れ矢尽きて我に降り、あるいはその誤りを覚って帰順してきたものはこれを寛容すべく、また無辜の良民は心からこれを綏撫し、弱きを扶け強暴を挫くべき我が伝統の武士道をこの聖戦において遺憾なく発揮することが、派遣軍将兵に課せられた大使命である。

2、欧米諸国の対日敵性の本質

英、米、仏等の諸国が重慶政権を援助している根本目的は前述の他、日本の援助による支那の独立解放を恐れているからである。すなわち彼らは支那ないし東洋を永久に植民地の状態に置き、本国人の利益を基礎とし搾取の対象としてこれを維持することを念願するものであり、またソ連の企図するところは抗戦継続による日支両国国力の消耗であって、共に道義に反し打算に立脚するものである。なお彼らの我を危惧する理由として、極東よりの閉め出し、放逐を受けるという幻影恐怖感を挙げることができる。これは東亜再建と東亜閉鎖との錯覚である。支那の独立完成と日支の善隣結合とは何ら第三国の排除を意味するものではない。彼らの正当善意の協力はむしろ望むところであり、これ万邦協和の本領なのである。

聖戦の真義が御詔勅に炳《あき》らかなる如く東洋の平和であり、道義の顕現であり、抗日支那の反省を促しその建設に協力するものであればこそ、我らは堂々天地に愧じず、千万人といえども我往かんとの信念を以て邁進しつつあるのである。打算に立脚した列国の向背は一時の現象であって、吾人が正道を履んで終始渝《か》わることなければ、天下に敵なく道義は必ずその光りを放つであろう。

三、**大御心を拝察せよ**

1、事変発生当時の御詔勅と本庄将軍満州より帰国の際の御下問

第七十二帝国議会開院式に賜わった御詔勅において「帝国ト中華民国トノ提携協力ニ依リ、東亜ノ安定ヲ確保シ、以テ共栄ノ実ヲ挙クルハ、是レ朕カ夙夜《シャクヤ》軫念措カサル所ナリ。中華民国深ク帝国ノ真意ヲ解セス、濫《ミダ》リニ事ヲ構ヘ、遂ニ今次ノ事変ヲ見ルニ至ル。朕之ヲ憾《ウラ》ミトス。今ヤ朕ノ軍人ハ百難ヲ排シテ、其ノ忠勇ヲ致シツツアリ。是レ一ニ中華民国ノ反省ヲ促シ、速ニ東亜ノ平和ヲ確立セントスルニ外ナラス」と明示し給えるを拝察し奉れば、聖戦の真義、厳として炳らかである。満州事変一段落を画して内地に帰還した本庄将軍が、天皇陛下に拝謁を賜わった際、第一の御下問は「三千万の民衆は満州国の成立を喜んでいるか」との意味の御言葉であり、次に「北満の水害対策はできているか、第一線の将兵は元気か」との意味の御言葉であったと洩れ承っている。優渥《ゆうあく》にして御仁徳無辺なるこの御勅語とこの御言葉とを拝しつつ、今なお我が国民の中に非道義的権益的収穫を聖戦の結果として期待しているものがあることは、誠に恐懼に堪えない次第である。

2、八紘一宇の真義と東洋道義の再建

「上ハ則チ乾霊《アマツカミ》ノ国ヲ授ケタマヒシ徳ニ答ヘ、下ハ則チ皇孫ノ正ヲ養ヒタマヒシ心ヲ弘メム。然シテ後ニ六合ヲ兼ネテ以テ都ヲ開キ、八紘ヲ掩ヒテ宇《イエ》ト為《ナサ》ムコト、亦可ナラスヤ」とは神武天皇御即位の大詔であり、道義を根本となし正義に則り正道を履み四海同胞、万邦協和の実を挙げることは我が建国の大精神である。東亜の再建とはこの大詔を奉体し、この建国精神を東亜において実践するに他ならず、東洋への自覚において正しきを養うこと、すなわち東洋道義の再建を根本とするものである。広く貴賤、貧富、強弱を問わず慈しみ給う、天皇陛下の大御心は、太陽の御光りの如くであらせられるから内外に光被し久遠に遍照して窮《きわま》りなく、その光り正しきが故に強く、正しきが故に久しきを得る所以である。

欧米諸国の支那、インド、アフリカ等に対して採りつつある資本主義的侵略や、ソ連の企図する階級闘争による世界革命は、他国または他民族を犠牲として自国民のみの繁栄を図るものであって、天地に愧じざる大道でない。従って能く久しきにわたることができないであろう。現下世界を挙げて動乱の渦中に投ぜられつつあるのは、この如き非道義的性格を有する世界政策のもたらした当然の混乱である。我らは八紘一宇の真義に徹し、以上の如き混乱から東洋を救うため自らまず道義を実践し、その結果としての日満支三国の結合により東洋永久平和の基

礎を確立し、以て大御心に対《こた》え奉らねばならぬ。

四、事変は如何に解決すべきか

1、事変解決の根本観念

八紘一宇の理想は万邦協和の建設であり、東洋平和は万邦協和への第一歩である。東洋を救った後には世界を救わねばならない。

而して東亜再建すなわち東亜新秩序建設のためには、まずその基礎である日満支三国の関係を道義的基礎の上に物心両面にわたり調整結合せねばならぬ。これが今次事変の直接目的であり、日露戦争、満州事変及び今次事変はこれが歴史的努力の過程である。すなわち今次事変の本質は消極的には日満支三国の安定確立に関する努力であり、積極的には東亜再建への発足である。

日満支三国関係の調整結合に関してはすでに国策として善隣友好、共同防共、経済提携の三原則が提唱せられている。すなわち三国は道義を以て一致の根源となし、国防及び経済の協力を以て重しとなすものであって、相互に国家民族の本領特質を尊重して相提携し、互助親睦の好誼を厚くし、隣邦相戒めて唯物赤化の侵襲を防ぎ、平等互恵の経済を以て長短相補い、有無相通ずるの実を挙げ、以て東洋本来の道義文化を保全発展せしむべきであり、この関係は東亜再建の基礎であり、模範であらねばならぬ。

2、日本は支那の統一強化を望むか、細分弱化を望むか

支那が眠れる獅子としてなお獅子の威力を有していたときには列国の東洋侵略を遠慮させていたのであるが、日清戦争の結果眠れる獅子の弱体を世界に暴露したために欧米諸国の侵略を見たことは、歴史の明示するところである。

支那の独立を脅威せられることは東洋の平和擾乱《じょうらん》であり日本への脅威である。従来ややもすれば支那を細分弱化してこれを操縦せんとするような考えを持つ者が絶無ではなかったが、この考えは支那を侵略せんとする欧米諸国の模倣であって、断じて聖戦の目的ではない。

日本が、支那の内部に火の如く起こりつつある支那統一の民族的要求実現に如何なる協力をも惜しまざる大決心を固めたときに、はじめて日支善隣の結合は得られるものである。万一日本人にして支那人を瞞《だま》して不当の所得を望み、あるいは外国に倣って支那を日本の植民地の如く考える者があったなら道義日本の本質に反するものであり、到底天に愧じざる信念を持つことはできない。

聖戦の真義は道義による新秩序の建設にあることは炳乎《へいこ》たる大方針であるから、すべての施

策また言行一致の誠意を以て臨まねばならない。

欧米諸国の唯物的非道義的政策による旧秩序（資本主義的支配または階級闘争的革命）の清算是正を目的として起こった聖戦の真義を、何らの未練と懸値なしに現実において示すことを我らの念願とし、理想としなければ、大御心に副い奉る所以ではない。

3、満州建国の根本精神を想起せよ

日清、日露戦役、満州事変による幾万の尊い犠牲を以て産まれた満州帝国は、民族協和の新原理による道義国家である。先般、日本より進んで治外法権や付属地行政権を還付して満州国の健全なる発展強化に善隣としての道を尽くしたのは、内外斉《ひと》しく知るところであろう。爾後の満州国は隆々たる発展を示し、世界動乱の渦中においても三千万の民衆のみは戦禍を受けることなくその居に安んじ、その業に楽しんでいる。

満州国が以前のような張軍閥の搾取下にあったならば、恐らくは今頃はソ連の一属領となって三千万の良民は塗炭の苦しみを嘗め、あるいは第二の日露戦争が満州の野に展開されていたかもしれない。

4、東亜新秩序と東亜連盟の結成

東洋諸国が桃源の甘夢から醒めたときには欧米諸国の爪牙《そうが》がすでにその心臓部に喰い込んで

いたのである。

支那が百年前に覚醒していたならば、支那の独力で欧米諸国の侵略を防止し、アヘン戦争も日露戦争も、あるいは今次の事変も免れ得たであろう。

元来日支両民族は歴史的に二千年の交誼を有しつつも、西洋諸国との接触以前においては国を挙げての干戈を交えた事例がない。日満支三国が個々に分裂抗争すればこそ欧米に侵略搾取の機会を与えるが、三国が真に結合すれば恐らく世界のいずれの国といえども一指をも染めることができないであろう。すなわち東洋永久平和の基礎は、日満支三国の道義的結合の上に東亜連盟を結成し、善隣友好の関係を維持し、東亜侵略の暴力に対しては共同防衛に任じ、相倚《よ》り相扶け、互恵の経済を以て有無相通じ、三国国力の充実発展を図ることによってのみ実現せられ、ひいては東洋における他の諸民族の自主正常の発展をも助成し、万邦その福祉を倶にするの世界平和に貢献し得るのである。

東亜新秩序すなわち東亜再建は、以上の如き日満支三国の善隣結合を中核とし、これを全東亜に発展せしめんとするものであって、その庶幾《しょき》するところは東亜の各国家民族がそれぞれ安住の処を得、近隣親睦、互助協力し各々その天分を遂げて興隆し、以て東洋の道義文化を再建発展せしめんとするにあり、その要点は、道義的基礎の上に各国家民族の自主独立と国防及び経済等の相互協力関係とを律することである。

東亜新秩序における国家相互間の関係は究極において連盟結成への発展を予期するものである。東亜連盟の真義は右のように道義的基礎の上に東亜の安定と発展とを確保し、世界平和の再建に貢献せんとするものであって、まず日満支三国を以てこれが基礎となすも、三国以外の諸国がこれに加入することはもとより当然の発展として期待するところであり、また欧米諸国にしてこれに偕行《かいこう》協力せんとするにおいてはもちろん喜んでその進出を迎えるものである。

五、派遣軍将兵は如何に行動すべきか

1、真個の日本人たれ

日本内地において今なお聖戦の真義に徹せず、西洋模倣の侵略思想により権益的代償を求める観念を清算し切れない者のあることは遺憾である。

陛下の万歳を遺言とし、東洋平和の人柱となった十万の骨の上に築かれるものは皇道の宣布であり、東洋道義の確立であり、その結果としての東洋の平和である。求めざる心によってのみ永遠の平和が求められるのである。力を以て求めたものは力を以て奪回せられ、道によって得たものは道に悖らざる限り喪われない。

前に謹述した御勅語の中に「中華民国深ク帝国ノ真意ヲ解セス」と宣《のたま》わせられているのを拝誦して恐懼に堪えないことは、事変前において我々日本人が真の日本人として大御心を奉体し、これを支那人に伝え、支那人をして大御心を理解せしめるの努力に欠けていた点である。

事変解決の根本条件は、一億の日本人が速やかに欧米的思想より覚醒し、真の日本人に立ち還りて日本の真の姿を確認し、国を挙げて肇国の大理想実現に身命を捧げる決意を固めることを第一とすべきである。東洋を東洋へ還す前にまず、日本人は日本人に還らなければならぬ。

2、皇軍たるの本質に徹し身を以て道義を実践せよ

皇軍の特質は、道義の軍として皇道を宣布することをその使命とするにある。陛下の軍人、陛下の軍隊は行住坐臥《ぎょうじゅうざが》、唯々大御心を奉体し身を以て実践しなければならぬ。聖戦遂行の第一線に立てる派遣軍将兵がその行状において天地に愧ずるようなことがあっては大御心を冒涜し奉り、支那人にかえって永久の恨みを残すこととなる。人心を逸して聖戦の意義はない。掠奪暴行したり、支那人から理由なき餞別饗宴を受けたり、洋車《ヤンチョ》に乗って金を払わなかったり、あるいは討伐に藉口《しゃこう》して敵性なき民家を焚き、または良民を殺傷し、財物を掠めるようなことがあっては、如何に宣伝宣撫するとも支那人の信頼を受けるどころか、その恨みを買うのみである。従ってたとえ抜群の武功を樹てても聖戦たるの戦果を全うすることはできない。

十万の英霊は地下で我らの行状を見守っている。司令部や本部は率先して自粛自戒、常に第一線将兵の上に想いを致し、第一線将兵は戦死した英霊に想いを致してその身を正しく律することが、生き残った者の当然の道である。

長期戦勝の素因は志気の振張にある。聖戦の目的を貫徹するまでは五年でも十年でも戦わなければならない。征戦久しきにわたるも軍紀の弛緩を来さないためには、とくに上級者の自粛自戒率先垂範を先決としなければならぬ。

3、敬、信、愛を以て両民族を永久に結合せよ

「弱きが故に助ける」という気持ち（愛）は日本人の伝統的性格である。聖戦の出発点は欧米諸国の策動に利用せられて盲動する抗日政権を膺懲し、虐げられたる良民を救わんとする精神に立脚しているものであるが、戦後に期待する日支両民族永久結合のためにはさらに一歩進んで支那民族の本質を正視し、その長所を見出しこれを尊重し、信をその腹中に置くの雅量を必要とするものである。我を騙すかもしれないと用心してかかれば対手《あいて》もまたいつまでも解けない気持ちを抱くことは、個人の交際においても国家の関係においても同様である。四千年の古き歴史と欧米に先覚せる文化を持ち、我が国と二千年の友好関係にあった支那であり、兵匪の暴掠や天災地変に脅かされても誰人にも訴える能わず、また最近においては欧米諸国の資本主

義的侵略に搾取せられながらも根強く生存し、孜々《しし》営々として大地と共に生きている支那人を見て、その靱強とその忍苦とその素朴とに美点を認め、一度や二度の背負い投げも喜んで受けるだけの腹で進めば必ずや両民族の精神的結合に到達し得るであろう。

日本を信頼せよ、日本人と提携せよと如何に叫んでも、支那人が心から日本を信頼し、日本人を信用するに至らない限り、一方的である。

我らは支那人に呼びかける前にまず己を真の日本人として正しくすることが、先決条件である。

4、英霊を冒涜すべき不良邦人を戒飭《かいちょく》遷善せしめよ

軍に跟随《こんずい》し同胞の先駆として大陸に進出した邦人中には、あるいは宣撫に、あるいは看護に献身犠牲的活動をなし職に殉じたもの、また現に活動をなしつつあるものも少なしとはしないが、日本人の面汚《つらよご》しもまた少なからざる現状である。法に触れたものの多いことはもちろん、触れないものといえども道徳的に指弾せられるものの甚だ多い現状は、遺憾ながらこれを認めざるを得ない。

上海、南京、天津、北京等の夜の状況を一巡すれば如何なる状態にあるかを判断することができよう。遊興の影には不正がありがちであり、支那人を瞞し脅して不正に利得を貪り、ある

いは敵側を利することを知りつつも営利のため敢えてこれをなし、あるいは外支人（＊外国人と中国人）の手先となりて我が方に不利となる行為を敢えてする者、なかんずく外人に対し名義貸しをなし不当の利益をなすもの、あるいは個人の利益のみを図りて全般的統制指導を拒否するが如き者がある状態では、いつまで経っても聖戦の成果を収めることができないのみならず、日支両民族を永久抗争に導くものである。派遣軍将兵はまず身を以て自粛の範を示し、不良邦人の反省自覚を促し、十万の英霊を冒涜するような結果を来さしめない心構えを以て足下を浄めることに努力しなければならなぬ。

十万の英霊は、不良邦人が懐を肥やすために日支両民族を再び抗争に導くような結果を見たら、地下で何と訴えるだろう。英霊を慰めるの途は単に礼拝供花のみでは足りない。その骨の上に築かれる日支永久の結合を実現させることに全力を尽くすことが生き残った将兵一同の義務であり、また英霊に対する最善の供養である。

5、支那人の伝統と習俗を尊重せよ

支那には支那の伝統があり、支那人には支那人特有の習俗がある。これを尊重しこれを理解してその面子を尚ぶことは絶対不可欠の要件である。日本人は真の日本人たると共に、支那人が真の支那人たることを尊重せねばならぬ。友好には寛容と同情とが必要である。

日本の法則を支那に強いたり、日本人が支那の内政に干渉したり、日支合作を唱えながらも支那人を傀儡視したり、またはその習俗を無視しては如何なる創意妙案といえども実績を挙げ得るものではない。宜しく支那自体のことは支那人に委せ、信をその腹中に置く雅量を以て接しなければならない。

6、正当なる第三国人に対しては寛容であれ

破邪顕正は皇軍の使命である。皇道宣布のためには国を挙げて起つべきは我が国民的信念であると同時に、無力の弱者を庇護することも我が武士道の本領である。今や我が占拠地域内に関する限り、第三国権益の如きは我が大軍駐屯の前には無力無抵抗の存在である。この裡にあって遠く故国を離れて生存する第三国人に対しては正当にして利敵行為なき限り、支那の良民と同様寛容を以てこれを遇し、無用の危惧を去らしむべきである。東亜再建は万邦協和への段階であるから不当利敵のものはこれを排するも、正当不偏のものは斥けるべきではない。戦時の要求存在するの故を以て平時も永久に然らんとする彼らの危惧に対しては我が要求の限度を吟味してこれを明示し、我が公明なる真意を諒解せしめるように教え、かつ導くべきである。過去に過てるが故に現在においても咎め、本国非道の故を以て罪なき個人に報復することは皇軍将兵のなすべきところではない。もしそれ彼らの本国が聖戦の真意を曲解し、東亜の擾乱を図

るものあらば、堂々国家の決意において破邪顕正一刀両断の施策をなすものである。

六、交代帰還将兵に告ぐ

聖戦久しきにわたるに従い内地に交代帰還する将兵の言動が日本の国内に与える影響の如何に強いものがあるかを、深く省みる必要がある。

征戦三年、あらゆる困苦に堪え弾雨を冒して得た精神的収穫は、帰国と共に消滅し、物質万能の世相に巻き込まれることがあってはならぬ。戦争に来なかったものが楽をして金を蓄め、あるいは高い地位にありついている等の矛盾せる現実を捉えて、帰還将兵に呼びかける国体破壊の左翼運動が潜行していることも警戒すべきである。戦友を失い、部下を殺し、上官を亡くした者の考えなければならないことは、地下の英霊が何を望み、何を期待しているかの一事である。皇国日本の姿を益々高く世界に顕現し、東洋平和の御詔勅を奉じ、陛下の万歳を遺言として骨を曝したのである。もしこの英霊を冒涜するような国内の醜状、国民の無自覚あらば敢然として起ち皇運を扶翼し奉り、聖戦の目的貫徹に向かって国内を導くの覚悟を必要とするのは言を俟たないところである。生命を弾雨の危険に曝し、幾度か死線を越えて得た精神的収穫は如何なる物質を以ても購い得ない賜である。帰還後、物質万能の世相に敗退することなく皇国民の精神的中核となって郷党を指導することは、生き残ったものの英霊に対する義務である。

欧州においては昨秋以来第二の大戦状態を呈し、東洋に対する列国の干渉はそのためにやや緩和の状態にあるが、利害打算を信条とする欧州各国が打算の取れない戦争を永続するものと期待してはならない。いつ平和(もとより武装平和であるが)状態になるかも予測できない。この秋《とき》において彼らが欧州に得られなかったものを東洋に求め、また第三国が連袂して対日干渉を試みることも当然予期しなければならぬ。

第二、第三の国難が内外両方面より神国日本への試練として加えられることを予期し、挺身難に赴くの準備を整え以て、大元帥陛下の信倚《しんい》に対え奉ることが十万の英霊に対する何よりの供養である。

本文ＤＴＰ・カバーデザイン／長久雅行

ノモンハン秘史　完全版

第一刷発行――二〇二〇年八月七日
第三刷発行――二〇二〇年八月一五日

著者――辻政信

編集人――祖山大
発行人――松藤竹二郎
発行所――株式会社 毎日ワンズ
〒一〇一―〇〇六一
東京都千代田区神田三崎町三―一〇―二一
電話 〇三―五二一一―〇〇八九
FAX 〇三―六六九一―六六八四
http://mainichiwanz.com

印刷製本――株式会社 シナノ

ISBN 978-4-909447-11-1